滄海叢刊

詩學析論

張春榮 著

1987

東大圖書公司印行

© 詩學析論

作　者　張春榮
發行人　劉仲文
出版者　東大圖書股份有限公司
總經銷　三民書局股份有限公司
印刷所　東大圖書股份有限公司
地址／臺北市重慶南路一段六十一號二樓
郵撥／〇一〇七一七五—〇號
初　版　中華民國七十六年十一月
編　號　E 82032①
基本定價　伍元叁角叁分
行政院新聞局登記證局版臺業字第〇一九七號

目次

第二輯 古典與現代

第三輯 現代

謹以此書獻給

生我育我的母親

沈阿鄉女士

詩的天空（代序）

一、縱橫詩筆見高情

從古典詩到現代詩，悠悠歲月以來；詩的天空永遠呈現浩瀚無邊的風景，搖曳著抒情迷人的璀璨光澤，輕輕呼喚歷代每一顆青春飛揚的心靈。於是，仰望天空朝暉夕陰的金黃霞紅，長空萬里的柔藍晶白，天陰雨濕的墨黑魅影，雨過天青的鮮麗虹彩；我們不禁神馳魂飛，展翅於這片寬濶富美的天地；尋訪歷來詩人玲瓏的情思，聆聽悲喜哀樂的聲音，領略詩中乍現的感悟。在這裏，我們看到今古詩心的遙相輝映，詠物寫景的各逞靈妙，展現靈視的活用藝術技巧。緣此，我們走入詩經素樸朗亮的世界，走進楚騷的驚采絕艷，行經漢賦的閎衍侈麗，正視樂府的社會寫實，瀏覽六朝詩的田園山水，醉心於唐詩的典雅精麗，吟詠宋詩的知性默察，通過宋詞元曲，我們得以在民國以來的現代詩中，看出這一脈相承同質異流的關係。

自然，在求新求變的文學律則下，現代詩有它獨特的面貌，大異於傳統古典詩。雖兩者在語言形式有所差別，然心同理同，兩者在思想情感則息息相關。畢竟，這是同樣的天空，同樣龍的子孫所抒發的內在感動，這是無法拒絕抹煞的事實。以劉大白「秋晚的江上」爲例：

歸巢的鳥兒，
儘管是倦了，
還馱著斜陽回去。

雙翅一翻，
把斜陽掉在江上；
頭白的蘆葦，
也妝成一瞬的紅顏了。

顯然劉大白係捕捉秋晚江上的動態畫面。第一小節的設思，和溫庭筠「鴉背夕陽多」（春日野行）相近。至於第二小節和鄭燮「寂寂柴門秋水濶，亂鴉揉碎夕陽天」（小廊）有異曲同工之妙。只是劉大白將鏡頭由空中轉至江面。另如席慕容「繡花女」：

我不能選擇我的命運
是命運選擇了我
於是　日復以夜
用一根冰冷的針
繡出我曾經熾熱的
青春

與秦韜玉「貧女」取旨相近：

蓬門未識綺羅香，擬託良媒益自傷。
誰愛風流高格調，共憐時世儉梳妝。
敢將十指誇鍼巧，不把雙眉鬥畫長。
苦恨年年壓金線，為他人作嫁衣裳。

席慕容「繡花女」旨在寫意，寫出針繡中青春流逝的無奈。至於秦韜玉「貧女」則旨在寫實，刻畫貧女無人賞識的悲哀。唯兩者之表現手法不同。職是，本文以下擬自「意匠如神變化生」「筆端有力任縱橫」兩端，比較古典詩和現代詩在思想情感及語言形式的異同，藉此明白詩的天空原是如此萬古常新。

二、意匠如神變化生

就詩的意境而言，姜夔認爲「詩有四種高妙。一曰理高妙。二曰意高妙。三曰想高妙。四曰自然高妙。礙而實通，曰理高妙。出自意外，曰意高妙。寫出幽微，如清潭見底，曰想高妙。非奇非怪，剝落文采，知其妙而不知其所以妙，曰自然高妙。」（白石道人詩說），其中所云「理高妙」「意高妙」「想高妙」正可用以觀察古典詩及現代詩的特色。

㈠、理高妙

所謂「礙而實通，曰理高妙」，係指詩中感悟，迸射出理性之光，透視矛盾表象，尋求內在統一，而道出深層的眞實。如吳晟的「土」。自第一小節起，即刻畫農夫形象，展開對土地的認同：「赤膊，無關乎瀟灑／赤足，無關乎詩意／至於揮淚吟哦自已的吟哦／詠嘆自已的詠嘆／無關乎閒愁逸緻，更無關乎／走進不走進歷史」，最後第四小節，吳晟道：

不掛刀、不佩劍
也不談經論道說賢話聖
安安份份握鋤荷犁的行程
有一天、被迫停下來
也願躺成一大片
寬厚的土地

讓自已成爲寬厚的土地，負載一行一行踩踏的足印，讓後來的耕者踏在自已血肉化成的大地，繼續向前邁進。這種生命承遞的眞義，安然接受的情懷，我們也可以和龔自珍「已亥雜詩」之一相印證：

浩蕩離愁白日斜，
吟鞭東指卽天涯。
落紅非是無情物，
化作春泥更護花。

龔自珍亦體會生命如落花墜地，腐化成泥，歸於塵土。然每一朵花落，都有無窮的心願。化作春泥，更是呵護期盼另一朵新生命的綻放。由此可見古今詩人抒懷寓理，每有共通。唯古典詩受限於固定形式，詠物說理，往往點到爲止。如劉敞「春草」：

春草綿綿不可名，水邊原上亂抽莖。
似嫌車馬繁華處，才入城門便不生。

至於陳坤崙「無言的小草」則作淋漓盡緻的申論推理。甚而寫出警挺冷酷之理：

祇要你看不慣
你就拿著鋤頭把我除去
像犯了大罪一樣用火把我燒成灰
祇要你疲倦了
你就躺在我的上面
讓我獨自嚐嚐被欺侮的滋味
祇要你閒著無聊

你就把我柔嫩的根莖拔掉
像撕破一張紙那麼容易
把我的生命結束
不管你待我如何
我只有忍耐
因為我只是小小的草
我也一直等待
有一天要吃你的脂肪
然後將你掩蓋

兩者相較，可知劉敞「春草」係單純詠物，掌握春草遠離繁華鬧區，歸向自然的平淡之情。若陳崙坤「無言的小草」則屬託物寫志，以犀利噴薄之口吻，道出草之尖銳意識。尤其最後三行「我也一直等待／有一天要吃你的脂肪／然後將你掩蓋」，拋開人和自然和諧的觀點，自彼此衝突對抗的思維切入，寫來驚心動魄。大抵言之，劉氏「春草」偏於靜態理趣，含意不盡；陳氏「無言的小草」偏於動態述理，直陳無諱；各具特色。

㈡、意高妙

所謂「出自意外，曰意高妙」，係指立意特殊，驚人耳目，或情境逆轉，或事出意外，使人愕駭感慨。如杜牧「贈別」七絕前兩句：

多情却是總無情，
惟覺樽前笑不成。

第一句「多情却是總無情」即起筆突兀，首唱意外之旨，然細思之，所謂「一片幽情冷處濃」，情至深處，欲說還休，似乎轉爲無情。正曲盡離別時的心態。至於洛夫「床前明月光」起句：

不是霜啊
而鄉愁竟在我們的血肉中旋成年輪

反用李白「床前明月光，疑是地上霜」（靜夜思）的聯想，故作驚人意外之語，然第二句立卽轉回「低頭思故鄉」的漂泊傷感。另外，詩中構思，每於結尾跌宕變化，安排意外，形成高潮。如杜甫「不歸」：

河間尚征伐，汝骨在空城。
從弟人皆有，終身恨不平。
數金憐俊邁，總角愛聰明。
面上三年土，春風草又生。

本詩爲杜甫悲從弟客死之作。結尾「面上三年土，春風草又生」使人驚愕。蓋春草自死者臉上長出，確實大出意料之外。至於瘂弦「下午」，作者自「我等或將不致太輝煌亦未可知」起，展開繽紛的意象，最後結尾道：

——墓中的牙齒能回答這些嗎？
星期一，星期二，星期三，所有的日子

所謂「太陽底下無鮮事」，世界仍如斯運轉，時間仍如斯流逝；作者並不向活人詢問，反問「墓中的牙齒能回答這些嗎」；委實出人意外，而詩旨之悲涼也因此轉深加重。另外如洛夫「隨雨聲入山而不見雨」最後一小節道：

下山
仍不見雨
三粒苦松子
沿著路標一直滾到我的脚前
伸手抓起
竟是一把鳥聲

作者利用伸手抓起苦松子的動作，揉合當時的聽覺，化實爲虛：「伸手抓起／竟是一把鳥聲」，而收懸疑驚奇之效。至如非馬「鳥籠」：

打開
鳥籠的門
讓鳥飛
走

把自由

還給

鳥

籠

作者完全運用思維之深刻周延，安排短詩結構。結尾「把自由／還給／鳥／籠」，尤其謂把自由還給鳥後，作者緊接道亦把自由還給鳥籠，頗具意外之效。且詩思更形深刻，逼向事物之眞實。

㈢、**想高妙**

所謂「寫出幽微，如清潭見底，曰想高妙」，係指細加聯想，曲盡物容神態；或貼切比喻，或誇張描摩，或白描直陳；鮮活表達內心眞情實感，彷彿在前。

㈠就比喻而言，古今聯想擬譬，不免有雷同近似。如文天祥「渡揚子江」七絕三、四兩句：

臣心一片磁針石，

不指南方不肯休。

以磁針永在磁場朝向磁鐵爲喻，表白忠貞不二誓死效國的心意。至於杜國清「懷鄉石」則以頑石爲喻，傳達思鄉之情。其中最後一小節寫道：

一顆頑石 遠離家園
擱淺在異國的斜坡
那冥頑的土質 永遠
飽含鄉土磁性
感應著 鄉情
千里盈盈
故鄉 永恒的磁礦
在遊子心盤上
思念的指針
動盪之後 永遠
定向故鄉

將頑石飽含磁性永向故鄉的摯愛，加以條分縷析的鋪陳比況，展現現代詩敍述的特徵。事實上，現代詩在聯想比喻，不乏翻新精巧之例。以「月」爲喻，李白道：「月下飛天鏡，雲生結海樓」（渡荆門送別），李賀曰：「大漠山如雪，燕山月似鈎」（馬），「靑雲敎綰頭上髻，明月與作耳邊璫」（大堤曲），分別以「鏡」「鈎」「璫」加以比況。至如余光中「月蝕夜」：

月，是一隻復明的明眸
被歷史的潮汐洗得多清亮

取譬鮮活。至如洛夫詩題即謂「月亮、一把雪亮的刀子」，亦屬意象生新。

㈡就誇張而言，雖與事實不合，然自成情感邏輯，使人驚嘆深慨。如柳宗元「與浩初上人同看山寄京華親故」：

海畔尖山似劍鋩，秋來處處割愁腸。
若為化得身千億，散上峯頭望故鄉。

化身千億的誇飾，正是作者內心濃烈鄉愁的迸射投影，極寫盼望故鄉之無盡心聲。至如楊澤「煙」

第二小節：

請讀我——請努力讀我
非掌非臉非鐘非碑的
我是縮影八〇〇億倍的一個
小寫的瘦瘦的i
請讀我——請努力努力讀我
我是生命，我是愛，我是不滅的
靈魂，焚屍爐中熊熊升起的一片
一片獨語的煙

詩中「我是縮影八〇〇億倍的一個／小寫的瘦瘦的i」，極力誇飾一己之渺小，將孤瘦的靈魂壓縮成毫不起眼的纖介形象。並且，英文小寫的i和「一片獨語的煙」中「煙」的形象，彼此呼應。是現代詩裏極特殊的例證。

㈢就白描而言，情至痴絕，每多奇思異想，或驚心動魄，或纏綿悱惻。如無名氏「歡聞變歌」：

鍥臂飲清血，牛羊持祭天。
没命成灰土，終不罷相憐。

通過愛的印記，通過類似宗教儀式，表達刻骨銘心至此不休的情痴。及至郭成義「愛的刺身」，則以刺身的方式表達對愛的執著：

當你在我身上刺寫
撩人的情書
雖然很痛
卻沒有叫喊

第二小節「互相赤裸著纏抱／這感覺竟刺痛了我／當你離去／當你永不回來」筆鋒一轉，刻骨銘心的印記終成痛楚的傷痕。於是作者第三小節接道：「無情的手跡／盤蜒我身體／隨著日月逐漸擴大了／這不能收復的版圖」，最後激昂嘆息：「還／一絲一線地／侵入我失陷的部位／逼我日夜朗讀：／痛啊，吾愛」似此愛的變奏、殘缺之苦楚，終身不得消除，委實搖人心旌。就兩首相較，六朝樂府「歡聞變歌」著重情痴的理念，而郭氏「愛的刺身」著墨於中心懷之無日忘之的傷痛。

又如以寄信爲例，張籍「秋思」云：

洛陽城裏見秋風，欲作家書意萬重。
復恐匆匆說不盡，行人臨發又開封。

臨行忽又念及未盡之意，重新拆封加添幾筆，確實道出他鄉遊子之情懷。至若沙穗「小別」，寫接到太太寄來的信：

在草屯過去　南投過來
的一片松園　我剛蓋完一天官章
又接到妳的
最速件
你說家裡錢還夠用　瓦斯也還有
只要我多寄一點
愛　回家
（愛怎麼用的這麼快？太太！）

信中太太道「多寄一點／愛 回家」直揭無隱，明白如話，却是痴語奇想，親切可愛。寫出熱戀情貌。唯張籍「秋思」從拆封的動作言情，較爲含蓄婉轉；沙穗「小別」則直接就信內容描述，率眞明朗。

三、筆端有力任縱橫

就詩的形式而言，前有所承，後有所啓，其中蛻變，大抵有迹可尋。所謂結構、所謂句法、所謂音節、所謂用字，莫不恣縱變化綜合運用，以求藝術經營聲義交揉之美。以下分別自「結構」「句法」「音節」「用字」四端，觀古典詩及現代詩之共通互異。

㈠、結構

古典詩中的結構，以「起、承、轉、合」爲常。其中首尾相銜、開闔跌宕，莫不求珠圓玉轉，井然有序，自成有機結構。以賈島「渡桑乾」爲例：

客舍并州已十霜，
歸心日夜憶咸陽。

無端更渡桑乾水，
卻望幷州是故鄉。

整首詩以空間的轉移變化爲主要脈絡。首句，自客居幷州致慨。第二句卽承縮而下，追念故鄉咸陽。三句扭轉跳脫，再度飄泊至桑乾。四句就此收束，反道異鄉幷州終成故鄉，與前條貫呼應。似此結構，梅新「家鄉的女人」彷彿相似：

家鄉的女人
總是醒在
家的前面
家
總是醒在
黎明的前面
天還未醒
我們家的
屋頂先醒

一縷縷的炊煙
自我們家的屋頂
升起
乳白色的
還有女人的髮焦

全詩以「家鄉的女人／總是醒在／家的前面」三行破題，以「家／總是醒在黎明的前面／天還未醒」四行承接推衍。接著以「我們家的／屋頂先醒／一縷縷的炊煙／自我們家的屋頂」再加層遞轉折。最後以「升起／乳白色的／還有女人的髮焦」三行作結，與首句「家鄉的女人」遙相照應，可謂結構謹嚴。

另外章法結構有打破「起、承、轉、合」之常規，以排比歸納，突顯主旨。如李商隱「淚」：

永巷長年怨綺羅，
離情終日思風波。
湘江竹上痕無限，
峴首碑前灑幾多。

人去紫臺秋入塞，
兵殘楚帳夜聞歌。
朝來灞水橋邊過，
未抵青袍送玉珂。

首句寫失寵之怨，次句述離恨之悲，三句言舜妃泣竹之淚，四句用羊叔子墮淚碑之典，五句道昭君出塞之哀，六句云項羽垓下被圍之嘆。凡此種種悲哀情事，排比鋪陳，全爲引出襯托義山個人沈痛的淸淚强烈的悲怨。而整首詩亦在七八兩句主觀激昂悲涼之淚影中，形成結構上的張力。至於瘂弦「如歌的行板」，亦採此等相似結構：

溫柔之必要
肯定之必要
一點點酒和木樨花之必要
正正經經看一名女子走過之必要
君非海明威此一起碼認識之必要
歐戰，雨，加農砲，天氣與紅十字會之必要

散步之必要
溜狗之必要
薄荷茶之必要
每晚七點鐘自證卷交易所彼端

第一小節並列排比種種「之必要」，而這正是世界運轉的面貌，影射人生存在的眞實。第二小節，作者繼續唱：

草一般飄起來的謠言之必要。旋轉玻璃門
之必要。盤尼西林之必要。暗殺之必要。晚報之必要。
穿法蘭絨褲之必要。馬票之必要。
陽臺、海、微笑之必要
懶洋洋之必要

所謂人生情境中的亮麗與荒謬，均屬必然；兩者相反相成，構成弔詭而眞切之畫面，何用一味排斥否定？最後，作者將以上形形色色之意象凝聚歸納，逼出生存的律則：

而既被目為一條河總得繼續流下去
世界老這樣總這樣：——
觀音在遠遠的山上
罌粟在罌粟的田裏

肯定所有的愉快與悲哀，肯定光明與陰影的同置並存，而點出全詩命意。所有崇高與卑微均為生命的面貌，作為一個人當繼續向前邁進，以一點點的微笑接受迎面而來的一切。可謂哀而不傷。似此結構，乃古今共通者。唯李商隱「淚」以青袍寒士迎送玉珂大官，突顯强烈的悲情。而瘂弦「如歌的行板」以沈思內省，清冷歸結存在之理。

(二)、句法

論及句法前，須先比較句型。就句型而論，古典詩多當句自足，精約凝鍊，而後兩句並置，構成關係。而現代詩偏多跨句，再利用標點符號、空格等，長短交雜錯綜。如以杜甫「客夜」為例：

入簾殘月影，

高枕遠江聲。

及至戴望舒「蕭紅墓畔口占」則有類似之構思：

我等待著，長夜漫漫，
你卻臥聽著海濤閒話。

其中「高枕遠江聲」與「你卻臥聽著海濤閒話」雖均當句自足，然句法寬勁有別。若翔翎「夕暮掃別」：

我想　心事
也如亂髮
都不如就此散開
然後讓月光
流水似地輕輕洗過

即以空格、跨句以求變化，和杜甫「入簾殘月影」不同。

至於歷來句法，經營設計；或簡鍊達旨，或倒裝取勁。就簡鍊達旨而言，如岑參「宿關西客舍」：

寒杵擣鄉愁

一寫鄉愁時，聞寒杵擣衣聲。二寫一聲聲寒杵擣起沈重的鄉愁。至如張秀亞「雨中吟」：

鄉夢被雨聲拉得好遠好長——

則亦利用雨聲銜接，曲達鄉夢之悠長綿延。另若綦毋潛「題靈隱寺山頂禪院」：

鐘聲扣白雲

寫白雲悠悠，鐘聲扣響之景，而泠泠不絕之鐘聲又似敲扣天邊白雲。至如洛夫「金龍禪寺」：

晚鐘
是遊客下山的小路

將遊客沿小路下山，晚鐘一聲聲傳來的情景，壓縮揉合。似此均爲鍊句之例。

又就倒裝取勁而言，係改變平常語序，以求文句矯健，意象奇警。如杜甫「望嶽」：

盪胸生層雲，
決眥入歸鳥。

卽極目騁懷，層雲波湧，歸鳥飛入，竟至胸盪心震眼眶決裂，然一改「層雲生盪胸，歸鳥入決眥」之語序，句法特其遒勁。至如羅門「隱形的椅子」：

誰知道眼睛最後是死在那一種顏色裏
那隻鳥是如何將天空翻過去的

所謂第二句卽「那隻鳥是如何翻飛過天空的」，羅門倒裝成「如何將天空翻過去的」，一改常見語序，也改變對「天空」的觀點，別具意趣。大抵，現代詩中爲增强節奏，突出意象，多倒裝字句。又如余光中「盲丐」：

一枝簫，吹了一千年
長安也聽不見，長城也聽不見
脚印印著血印，破鞋，冷鉢
回頭的路啊探向從前

其中二、三、四句均是有意的安排。尤其最後一句「回頭的路啊探向從前」，若恢復平常語序，則音義俱弱矣。似此倒裝取勁，已爲現代詩常見的手法。

㈢、音節

就音節而言，現代詩固然摒除古典詩外在之平仄格律及韻脚，完全重視音律節奏之抑揚頓挫。是故，現代詩將古典詩中「雙聲」「疊韵」「疊字」「重出」「頂眞」「回文」等技巧充分運用，以臻音律安排設計之美。

以「雙聲」「疊韵」爲證，如黃庭堅「題息軒」：「萬籟參差寫明月，一家寥落共清風」，其中「參差」「寥落」均爲雙聲，又杜甫「詠懷古跡」：「悵望千秋一灑淚，蕭條異代不同時」，其中「悵望」「蕭條」則屬叠韵。至於現代詩中雙聲，叠韵，並無如此精切工整。如鄭愁予「錯誤」：

我打江南走過
那等在季節裏的容顏如蓮花的開落

則利用「打」「等」雙聲、「南」「顏」「蓮」叠韵、「過」「落」押韵，形成流利之音節。

以「叠字」爲例，如白居易「琵琶行」：「大弦嘈嘈如急雨，小弦切切如私語」，「嘈嘈」「切切」分別描摩大弦、小弦之聲音。若羅青「金喇叭」：

把一條條藏在心底的無聲歌曲
吹成了一絲絲嫩綠柔軟的觸鬚
彎彎曲曲纏纏繞繞……

企圖以「彎彎曲曲纏纏繞繞」之叠字描摩觸鬚的柔細嫩長。

至若「重出」，係用以增强音節，加深情感氛圍。如李商隱「暮秋獨遊曲江」七絕三四句：

「深知身在情長在，悵望江頭江水聲」，以「在」「江」的重出，傳達對生命的無限深情。至於鄭愁予「賦別」：

這次我離開你，是風，是雨，是夜晚；
你笑了笑，我擺一擺手
一條寂寞的路便展向兩頭了。

其中「是風」「是雨」「是夜晚」，「是」三次重出，使得音節急促高昂，勾勒出離別心緒。所謂「頂眞」，無非銜接轉關，讓音節搖曳流美。如「飲馬長城窟行」：「青青河畔草，緜緜思遠道。遠道不可思，宿昔夢見之」，以「遠道」承上啓下。及至覃虹「水紋」末尾云：

忽然想起
但感傷是微微的了
如遠去的船
船邊的水紋……

以連續兩個譬喻「遠去的船」「船邊的水紋」比喻感傷心境，而以「船」頂眞，自然委婉。

若乎「回文」，係指循環廻流，反覆交湧。使得音節重疊變化。如張若虛「春江花月夜」：

「江畔何人初見月，江月何年初照人」寫江月和人的互動關係。及至余光中「火浴」：

那裡冰結寂寞，寂寞結冰
寂寞是靜止的時間，倒影多完整

其中「冰結寂寞，寂寞結冰」音節柔美，耐人尋思。

自然，現代詩中形成節奏，除了以上技巧之繁複運用外，另藉句型之排比層遞，或句型之長短錯綜；以極音律鏗鏘激越之情，或戛然乍止之妙。以句型之長短錯綜觀之，陳寧貴「落翅仔的獨白」末尾：

直到淒厲的狼嗥騷擾過後
已是深夜，那時我們
才開始用淚水慢慢地
把靈魂擦——

亮！

句型由長漸短，最後猛然收筆，高亮作結。至如余光中「蒼茫來時」：

蒼茫來時，燈總在我的一邊
歷史，在暮色一邊
無窮的廻風，吹，在中間，而夜
是屬於牀呢還是屬於燈
是屬於夢著的還是醒著的人？

加上標點符號的運用，形成四、七、二、五、五、一、三、二、十、十二言的交錯變化，音節極爲靈活，最後由短變長，節奏增緩，心緒也隨之凝重。而這，正是現代詩較爲自由的特色之一。

(四)、用字

就用字而言，古典詩現代詩莫不求意新語工。於平字見奇，常字見險；期能精約寫眞，創新生色；捕捉事物之精神，狀難寫之景如在目前。因是，詩中特重動詞，詩人亦於此日鍛月鍊，冀能語奪天巧，得前人所未道。以「敲」字爲例。賈島「題李凝幽居」：

鳥宿池邊樹
僧敲月下門

以「僧敲月下門」，實寫敲的動作。而李賀「秦王飲酒」：

羲和敲日玻璃聲，
刼火飛盡古今平。

設想羲和敲日，惴測當如敲玻璃聲。純屬主觀虛寫。降及民國朱湘「還鄉」：

剝啄，剝啄，任你敲的多響，
你的聲音只算敲進虛空

「敲進虛空」寫出敲門無人應的感慨。至羅門「車入自然」：

車急馳
　太陽在左車窗敲敲
　　右車窗敲敲
敲得樹林東奔西跑
敲得路轉峯廻
　要不是落霞已暗
輪子怎會轉來那輪月

羅門捕捉車急馳中對「敲」的動態感受，連續幾個敲字，連成急速律動中的特殊經驗。以鍊字而論，羅門於此確能翻新生色。事實上，同樣自「齒」的意象引申，詩人鍊字，運用之妙，全憑各人巧思。如余光中「戲爲六絕句」楓葉：

秋天，最容易受傷的記憶
霜齒一咬
噢，那樣輕輕
就咬出一掌血來

以「咬」字點眼，設思精緻高妙。至陳煌「古剎」前兩句：

如齒的石階
一口，就咬住滿嘴月光

以石階如齒，塑造咬住月光的情境；雖能出人意外，畢竟不能入人意中。至於洛夫「金龍禪寺」第一小節後半：

羊齒植物
沿著白色的石階
一路嚼了下去

將羊齒植物轉成眞正羊齒的聯想，下動詞「嚼」一字，自然變得清新有趣。又以動詞「接」爲例，杜甫「秋興八首」之五首聯云：

瞿塘峽口曲江頭，
萬里風煙接素秋。

意謂相去萬里，同此蕭颯秋景，風煙相接。此處「接」字似寫秋色，實寓傷亂之感。故張默「溪頭拾碎」第三小節道：

我們不在這裏
來與去，無與有
歲月還是無可奈何地把狼煙
微微的接住

將「歲月」擬人化，無可奈何「接住」「狼煙」，正烘托出戰亂中人的無限感喟。由此相較，可略窺古典詩與現代詩鍊字之異同。

四、研墨於今亦自香

綜上「意匠如神變化生」「筆端有力任縱橫」比較古典詩與現代詩之共通互異，更見詩國天空的風景層出不窮，柳暗花明歷久彌新永遠是詩的精神命脈。然時異事變，古典詩與現代詩的差異，仍不得不辨。其中有關兩者「語言」「題材」「用典」的比較，今人已有論文詳析

❶，此處不擬重提。以下試自命題、意象、意境略加比較。

首先在命題上，古典詩多提綱挈領，明白扼要。如李白「黃鶴樓送孟浩然之廣陵」、杜甫「江畔獨步尋花」等，眉目清晰。至現代詩，除沿承此方式外，另多求精美，以警語或詩中佳句爲題。如張默「深圳・在打鼾」、羅智成「一支蠟燭在自己的光焰裏睡著了」、張健「夢是長長的斜坡」等，莫不引人注目。

其次在意象上，現代詩每多以現代事物爲喻，塑造鮮活意象。如李仙春「瀑布」自「拉鍊」展開聯想：

一條拉鍊
嘩啦啦拉開兩山翠綠

極爲貼切精妙。至余光中「忘川」：

❶：有關現代詩和古典詩的語言比較，可參葉維廉「中國詩的視境」（見《飲之太和》）、「中國現代詩的語言問題」（收入沙靈主編《中國現代抒情詩總集》）。有關題材，可參向陽「七〇年代現代詩風潮試論」（《文訊月刊》第十二期）、林燿德「不安海域——臺灣地區八十年代前葉現代詩風潮試論」（《文訊月刊》第二五期）。有關用典，可參鄭明娳「鍛接的鋼——論現代詩中古典素材的運作」（《文訊月刊》第二五期）。

縱河是拉鍊也拉不攏兩岸

亦屬以拉鍊塑造意象之佳句。此外，在現代詩抒情上，更是設思高妙。如渡也「頑癬」，通篇利用頑癬的特性，描述對愛的執著。如夏宇「愛情」，自蛀牙取譬，描繪對愛情的感受。事實上，卽使是傳統常見的意象，現代詩多求翻新出色。如王維「辛夷塢」：「木末芙蓉花，山中發紅萼」，古典詩僅以「發」呈現開花的動作。至楊子澗「桑花」：

仰首

偶然望見桑花

靜靜

爆裂

捕捉瞬間見花的驚心體會。運用「靜靜」「爆裂」的矛盾對比，形成張力，確實使人耳目一新。另如以「月光」構思，曹植「怨詩行」（七哀）云：「明月照高樓，流光正徘徊」，以「徘徊」形容月光的動感。至蘇紹連「地上霜」：

飛旋的一張單光玻璃紙，繞過簷角，叫出蝙蝠，繞過門框，叫出白蟻，繞過你身，叫出雙
脚，繞過床前，竟跌成一地的霜。那是哭著要回去的月光。

以「飛旋」「繞過」「叫出」「跌成」「哭著」一氣呵成之强勁律動，展開新的視境，極爲鮮明瀏亮。

最後在意境上，現代詩多作冷凝內省的思考，正視存在的困境，因此，現代詩常見死亡的省思。如洛夫「石室之死亡」、余光中「公墓的下午」、彭捷「大理石墓地」等。對於生命的尖銳悲感，詩人多作極幽微極深刻的展現。以「年輪」之探索爲例。洛夫「石室之死亡」云：

而我確是那株被鋸斷的苦梨
在年輪上，你仍可聽清風聲、蟬聲

而淡瑩「年輪」第一小節云：

這些日子
總不經意地聽見

月落聲
火焚聲
甚至年輪的廻旋聲
在體內的關節
鼓噪

所謂一圈圈的年輪係一圈圈生命的記憶，是苦楚的熬煉？是盲動的痕跡？是不和諧的震悸？詩人均回過頭來，反觀歲月走過的種種軌道，痛苦豈不使人沉思，豈不使人生智，體悟些什麼？故非馬「樹」云：

日夜
我聽到
心中的
年輪
在通向
蠻荒天空

的路上
咿啞轉動

詩人均藉內心的「年輪」，傳達個人生命的深刻體悟。似此意境的追求，與古典詩有很大的出入。至於在抒情的意境上，現代詩多傾向解析說盡。如席慕容「悲劇的虛與實」最後一小節：

可是 又好像並不是
真的在意 若真的曾經
那樣思念過 又如何能
雲淡風輕地握手寒暄
然後含笑道別 靜靜地
目送你 再次 再次的
離我而去

將離別心態細加解釋，並對含笑道別的虛實再加說明，頗似離情的議論文。若孟郊「送玄亮師」五律尾聯：

何處笑為別
淡情愁不侵

雖寫與道友分離之情，不同於前者的男女之情，然言簡意賅，中有理性之領略，引人深思。似此抒情傳統，古典詩不可否認有它獨到迷人的勝處。

黃盧隱「讀詩偶得」云：「詩不可學，然亦不能不學。蓋不可學者，詩人敏銳之知覺，熱烈之情感，豐富之想像耳。而不可不學者，則其描寫之技巧，如音調之鏗鏘，聲律之和諧等，皆由於鍛鍊而成。」❷，透過以上之比較，我們可以大致了解古典詩和現代詩在思想情感及語言形式的共通互異。在「文律運周，日新其業」的演變中，相信古典詩必能對現代詩提供種種啓示❸，而現代詩的天空，在傳統的承遞下，相信在未來，必有更燦爛更美麗更照亮時代的風景。■

《古典文學》第九集

---

❷ 見錢基博《現代中國文學史》頁四四〇所引。

❸ 見游喚「論舊詩予新詩之啓示」（《古典文學》第四集）。

第一輯＊古典

莊子「逍遙遊」與唐詩關係論略

一、前言

「逍遙遊」乃莊子一書之總綱❶。歷來讀莊子者，莫不於此深加設思，或心領而神會，或身體而力行；甚如後代詩人言志，摛文染翰，化爲詩句，亦多援此以發；或衍其要義，或用其典故，載之典籍，可謂班班可考。詩以魏晉爲例，阮籍「詠懷詩」云：「危冠切浮雲，長劍出天外。細故何足慮，高度跨一世。非子爲我御，逍遙游荒裔。顧謝西王母，吾將從此逝。豈與蓬戶士，彈琴誦言誓。」直述無待逍遙之理想境界，俯仰自得，亦正是作者大人先生傳「飄飄於天地之

❶ 如褚伯秀云：「內篇始於逍遙遊，終於應帝王者，學道之要，在反求諸己，無適非樂，然後外觀萬物，理無不齊。」（見《莊子翼》引），又如方文通云：「內篇之要，括於逍遙遊一篇。逍遙遊一篇形容大體大用，而括於至人無己一句。」（書郭象注莊子後）。

外，與造化爲友」之描述。又如支遁「詠懷詩」：「……苟簡爲我養，逍遙使我閒。寥亮心神瑩，含虛映自然。……」亦寫出作者對逍遙心境之體悟，故支氏「逍遙論」云：「夫逍遙者，明至人之心也。」凡此，皆用莊子逍遙遊一篇之意也。至如左思「詠史詩」云：「飲河期足腹，貴足不願餘。巢林棲一枝，可爲達士模。」則顯然典出莊子「逍遙遊」：「鷦鷯巢於深林，不過一枝；偃鼠飲河，不過滿腹。」是故，由上可知「逍遙遊」一篇已爲詩人創作之奧區，研思之珠玉也。

逮及唐世，詩運大興。騷人吟詠，墨客抒懷，或深慨仕宦之覊絆，或偶發出塵之想，亦多涉及「逍遙遊」一篇。故白居易云：「猶嫌莊子多詞句，只讀逍遙六七篇。」（贈蘇鍊師），權德輿曰：「閒讀逍遙篇，聯袂兵支策。」（酬李二十二兄主簿馬跡山見寄），均明言之；至如段成式詩：「方袍近日少平叔，注得逍遙無處論。」（題石泉蘭若），更言及自註逍遙遊而乏人論道之憾。雖云遺憾，然唐代詩人鋪采吮墨以「逍遙遊」入詩者則不乏其例。大抵可自「用意」「用典」兩方面言之。

二、用　意

「逍遙」一詞早見詩騷。《詩經・檜風》「羔裘」云：「羔裘逍遙，……羔裘翺翔，……」

孔穎達《正義》曰：「逍遙翺翔，是遊戲燕樂。」至於楚騷中，「逍遙」一詞計五見❷，王逸皆訓曰：「游戲也。」是知詩騷中之逍遙，均指遊戲時之狀態，未有特殊之詮釋。逮及莊子言逍遙，則皆與「無爲」相涉。如「逍遙遊」云：「彷徨乎無爲其側，逍遙乎寢臥其下。」「大宗師」云：「逍遙乎無爲之業。」「天運篇」云：「逍遙，無爲也。」可見莊子所云逍遙，乃指「無爲」之修養及「無爲」之境界，與一般用法大異，此不得不辨也。以下試自逍遙之本質、心迹、特性三端，略論唐代詩人對逍遙遊一篇之掌握。

㈠、逍遙之本質

緣由莊子所云之逍遙，係爲至人、神人、聖人之道心觀照；因是，莊子所云之逍遙遊，係遊乎無限之「道」中，與「道」上下，無所拘泥也。故莊子云：「若乎乘天地之正，而御六氣之辯，以遊無窮者，彼且惡乎待哉！」亟言逍遙之本質在於順萬物之本性，合天地之規律；亦卽掌握宇宙間變與不變之道理，無執無著，不受任何限制❸。眞正逍遙並非感性之觀賞，而爲道心修

---

❷ 《離騷》云：「聊逍遙以相羊」「聊浮遊以逍遙」。「九歌・湘君」云：「聊逍遙兮容與」。「九章・哀郢」：「今逍遙而來東」。「悲回風」：「聊逍遙以自恃」。

❸ 有關這層意思，《莊子・人間世》：「且乎乘物以遊心，託不得已以養中，至矣。」「大宗師」：「彼方且與造物者爲人，而遊乎天地之一氣。」「天下」：「獨與天地精神往來而不敖倪於萬物……上與造物者遊，而下與外生死無終始者爲友。」均可作爲佐證。

證之具體展現；是知逍遙之本質，正是與道逍遙。故《文心雕龍・諸子》云：「莊周述道以翱翔。」可謂一語中的，直探莊子本源。

若乎唐人詩中，不乏見道之語，直指逍遙本旨者。如清晝云：「為道貴逍遙，趣時多苦集。瓊英若可餐，清紫徒勞拾。」（春日對雨聯句），明言「道」與「逍遙」之主從關係。另如白居易無可奈何歌，其辭云：「無可奈何兮，已焉哉。惟天長而地久，前無始兮後無終。嗟吾生之幾何，寄瞬息乎其中。又如太倉之梯米，委一粒於萬鍾。何不與道逍遙，委化從容。縱心放志，洩洩融融。胡為乎分愛惡於生死，繫憂喜於窮通。……」其中「何不與道逍遙，委化從容」誠為莊子「逍遙遊」一篇之旨意。至如李咸用「依韻修睦上人山居十首」之二云：「雲泉日日長松寺，絲管年年細柳營。靜躁殊途知自識，榮枯一貫亦何爭。道傍病樹人從老，溪上新苔我獨行。若見淨名居士語，逍遙全不讓莊生。」詩中所謂居士語，當卽語道之語❹，所云「逍遙全不讓莊生」，當與莊子逍遙本旨相涉。

㈡、逍遙之心迹

莊子描述逍遙遊之境界云：「至人無己，神人無功，聖人無名。」是知體道者不待外物、事

❹ 李咸用「依韻修睦上人山居十首」之三云：「莫言天道終難定，須信人心盡自輕。」可為註脚。

功、聲名來肯定自我。眞正之逍遙在於化除一切有待，轉化成心，呈現道心，以臻於無待之圓足境界。「無己」「無功」「無名」之「無」實爲轉化成心、呈顯道心之工夫歷程，而體道者之心迹亦至此全然泯合，絕對無待。

至若唐代詩人言及逍遙，亦能重視內心精神之逍遙。如錢起云：「……絕境勝無倪，歸途興不盡。沮溺時返顧，牛羊自相引。逍遙不外求，塵慮從玆泯。」（自終南山晚歸），「逍遙不外求」指出逍遙之眞正依據，乃在個人內心之自足。另如孟郊「立德新居」云：「手鋤手自斸❺，激勸亦已饒。畏彼梨栗兒，空資玩弄驕。夜景臥難盡，晝光坐易消。治舊得新義，耕荒生嘉苗。鋤治苟愜適，心形俱逍遙。」此謂手鋤躬治，自給自足，堪稱心形逍遙。然則唐人言逍遙心迹多受向、郭注莊之影響，以爲自足卽是逍遙。

向郭於「逍遙遊篇」下云：「夫小大雖殊，而放於自得之場，則物任其性，事稱其能，各當其分，逍遙一也，豈容勝負於其間哉。」以爲大小皆可逍遙，只要「任性」「稱能」「當分」卽可逍遙自得矣。又向郭云：「夫莊子大意，在乎逍遙遊放，無爲而自得，故極小大之致，以明性分之適。達觀之士，宜要其會歸，而遺其所寄，不足事事曲與生說。」❻一再說明「適性卽逍

❺《全唐詩》於第二「手」下注云：「一作良。」

❻「逍遙遊」：「北冥有魚，……天池也。」下注。

遙」❼，大者可以逍遙，小者亦可以逍遙。而唐代詩人用此意者極多。如劉禹錫云：「世途多禮數，鵬鷃各逍遙。……」（寓興二首之一）「……寄謝慇懃九天侶，搶榆水擊各逍遙。」（洛中初多拜表有懷上京故人）卽是大鵬斥鷃均可逍遙。又白居易云：「濁水清塵難會合，高鵬低鷃各逍遙。」（喜楊六侍御同宿）「鵬鷃高低分皆定，莫勞心力遠相思。」（宿西林寺早赴東林滿上人之會因寄崔二十二員外），「雙鳳棲梧魚在藻，飛沈隨分各自定。」（夢得相過援琴酒因彈秋思偶詠所懷兼寄繼之待價二府），其中「高低分定」「飛沈隨分」均是向郭「當分」之意，高鵬低鷃於此皆得逍遙。然白氏又云：「莊生齊物同歸一，我道同中有不同。遂性逍遙雖一致，鸞鳳終校勝蛇蟲。」（讀莊子），詩中「遂性逍遙」亦卽向郭「以明性分之適」，唯白氏末句所云「鸞鳳終校勝蛇蟲」，終非向郭之意，尤非莊子本旨，此殆詩人囿於形迹之偏好，未能將鸞鳳蛇蟲等同而視之故也。

(三)、逍遙之特性

莊子逍遙一詞之特性，可自《莊子》本文得知。《莊子》一書中，「逍遙」「無爲」二詞每連言及之，如「逍遙遊」云：「彷彿乎無爲其側，逍遙乎寢臥其下。」「天運」云：「逍遙，無

❼ 有關「適性卽逍遙」一義，林聰舜《向郭莊學之研究》一書中第四章「向郭之逍遙義」中有詳細之闡述析論。

爲也。」可知「無爲」一詞正指涉「逍遙」之特性。又莊子「讓王」云：「逍遙於天地之閒而心意自得。」以「逍遙」與「自得」相及。後向郭注莊云：「夫小大雖殊，而放於自得之場。」（逍遙遊篇目下），「鵬鼓垂天之翼，託風氣以逍遙，蜩張決起之翅，搶楡枋而自得。」（逍遙遊「去以六月息者」下），「各以得性爲至，自盡爲極，今言小大之辯，各有自然之素，旣非跂慕之所及，亦各安其天性。」（逍遙遊「此小大之辯也」下注），特別以「自得」一詞指涉「逍遙」之特性。當然向郭所云「自得」係就「適性」上之「自得」而言，並非自修養工夫立論。

至若唐代詩人用以指涉逍遙者，大抵有四。卽「無爲」「自得」「自然」「自在」是也。「無爲」，如白居易云：「但對琴與酒，身去韁鎖累。耳辭朝市喧，逍遙無所爲。」（養拙）。「自得」，如岑參云：「竹徑春來歸，蘭樽夜不收。逍遙自得意，鼓腹醉中遊。」（南溪別業）。「自然」，如張籍云：「故裘餘白領，廢瑟斷朱弦。志氣終猶在，逍遙任自然。」（贈殷山人）。「自在」，如白居易：「誰知不離簪纓內，長得逍遙自在心。」（菩提寺上方晚眺），又趙彥昭云：「逍遙自在蒙莊子，漢主徒言河上公。」（奉和聖製幸韋嗣立山莊應制）。凡此，皆唐代詩人對「逍遙」一詞之詮釋也，較莊子所云爲多。其中多受魏晉玄談風氣影響。故靈一云：「因談老莊意，乃盡逍遙趣。誰爲竹林賢，風流相比附。」（林公），正寫出魏晉討論逍遙遊之狀況。而後，唐代詩人各抒己見，各有會心，於是衍申逍遙之意，「自得」「自在」「自然」與「無爲」均成爲唐代詩人對逍遙特性之體悟也。

三、用典

唐詩典出莊子逍遙遊者不乏其例。如李白詩：「北溟有巨魚，身長數千里。仰噴三山雪，橫吞百川水。憑陵隨海運，燀赫因風起。吾觀摩天飛，九萬方未已。」（古風之一），「溟海不振蕩，何求縱鵬鯤。」（贈宣城趙太守悅），均典出「逍遙遊」首段：「北冥有魚，其名爲鯤。鯤之大，不知其幾千里也。化而爲鳥，其名爲鵬，鵬之背不知其幾千里也。怒而飛，其翼若垂天之雲，是鳥也，海運則將徙於南冥。」於此，唐代詩人多好爲援引。或借之比況，或因之寄望，或以之自勉，或反詰自問，如獨孤及云：「海運同鯤化，風帆若鳥飛。」（送虞秀才擢第歸長沙），紀元皋云：「儻得隨鯤化，終能戾太虛。」（魚上冰），吳晃云：「終希泮渙釋，爲化北溟魚。」（魚上冰），皆此例也。

至若「逍遙遊」：「鷦鷯巢於深林，不過一枝，偃鼠飲河，不過滿腹。」此句，亦爲詩人好用之典。如白居易詩：「螻蟻謀深穴，鷦鷯占小枝，各隨其分足，焉用有餘爲。」（自題小草亭），「賦命有厚薄，委心任窮通。通當爲大鵬，舉翅摩蒼穹。窮則爲鷦鷯，一枝足自容。苟知此道者，身窮心不窮。」（我身），均發揮隨分自足、委心任化之思想。其典出莊子，自勿庸置疑。其他如劉禹錫詩：「同才同賤鈞衡地，禀氣終分大小年。」（和僕射牛相公追感韋裴六相登庸皆四十餘，未五十薨沒，豈早榮早枯之義。今年將六十，猶粗强健，因親故勸酒，率然成篇，並見寄之作），句中「大小年」正典出：「小知不及大知，小年不及大年」之說。另如陸龜蒙詩：「漆園逍遙篇，中亦載斥鴳。汝惟材性下，嗜好不可諫。」（孤雁），亦典出斥鴳笑鯤鵬一段。而唐代詩人用典之概況由此可知矣。

四、結語

「逍遙遊」一篇爲莊子綱維所寄。歷來言莊子而未知逍遙遊者，未之有也。唐代詩人飽飫高義，發乎吟詠，或撮其要意，或用其典故，脫胎換骨有之，取其成辭者有之，大抵如上所述。其中，唐代詩人受魏晉向郭注莊之影響，亦可自詩中得之。

至若「逍遙」一詞之發展，世代以降，語義漸趨寬廣，未若莊子原有之特殊意義。是故漢王逸，唐孔穎達均以遊戲訓之，逮及唐代詩人，言及逍遙，大都偏指「自得」「自在」，流於一般無拘無束、不受干擾之意。如韋應物云：「逍遙無一事，松風入南軒。」（起度律師同居東齋院），劉復云：「稅駕倚扶桑，逍遙望九州。」（遊仙），夏方慶云：「逍遙堪白石，寂寞閉玄門。」（謝眞人仙駕還舊山），劉禹錫云：「春來山事好，歸去亦逍遙。」（送家兄歸王屋山隱居二首之一），白居易云：「且與爾爲徒，逍遙同過日。」（四月池水滿），姚合云：「君身長逍遙，

楚辭二招與歷代詩歌之關係初探

「二招」風格獨具，文字奇絕。上承風雅溫厚之特質，下開漢賦鋪排之先聲，其地位之特殊，實無可疑。至其局勢之恢宏，設想之玄遠，措辭之險怪，色彩之瑰麗，足與「離騷」、「天問」、「九歌」，頏頡而不朽。劉勰云：「楚辭」驚采絕豔，辭來切今，其衣被詞人，誠非一代；然後世治「楚辭」者，多言「離騷」、「天問」、「九歌」，而忽略「招魂」、「大招」。是故本文獨標「二招」，論其與歷代詩歌之關係，中其藝術價值，而「楚辭」之氣往轢古，辭來切今，亦可由此得之矣。

「招魂」一詞始見戰國，而以招魂觀念施諸辭賦者，當首推《楚辭》「二招」。《楚辭》「二招」設思奇崛，煉語秀出，後代詩人斧藻羣言，馳騁其中，莫不獵其鴻裁，摭其精英。於是歷代詩歌行文措辭，多有與之相涉。大抵可自「風格」「立意」「用典」「遺辭」四端言之。

一、風格

自漢以下，詩人操翰，驅辭逐貌，多取「楚騷」，以成耀艷之風，綺麗之采；故「二招」與漢魏六朝綺艷詩風，可得而相較。以曹植爲例。鍾嶸《詩品》稱其「骨氣奇高，詞采華茂」，《三國志·魏書》其傳評曰：「陳思文才富艷」，是知曹植詩風，不離華采。而其中取材，多與「二招」相似。如寫美女，「雜詩」六首之四云：「時俗薄朱顏，誰爲發皓齒」，「美女篇」云：「美女妖且閑，……顧眄遺光采。」詩中刻畫形容，適與「招魂」：「美人既醉，朱顏酡些。娭光眇視，目增波些」、「大招」：「朱唇皓齒，……比德好閒。」相近。如寫佳餚，「名都篇」云：「膾鯉臇胎鰕，寒鼈炙熊蹯」，排比山珍海味，亦與「招魂」：「胹鼈炮羔，……鵠酸臇鳧。」「大招」：「膾苴蓴只，……炙鴰烝鳧。」相似。明胡應麟《詩藪》內篇評曹植「美女篇」、「名都篇」云：「辭極贍麗，語多致飾。」所稱甚是，此或與二招取材相近故也。

逮及西晉，詩多輕靡；采縟力柔，以陸機最優。劉勰《文心雕龍·鎔裁》云：「至如士衡才優，而綴辭極繁。」「才略」云：「陸機才欲窺深，辭采廣索。」，至鍾嶸《詩品》評曰：「其源出於陳思，才高詞贍，舉體華美，……然其咀嚼英華，厭飫膏，文章之淵泉也。」則陸詩風格之繁富贍美可知矣。且其鋪陳措辭，多可溯源「二招」。如「君子有所行」：「甲第崇高闥，洞房結阿閣。曲池何湛湛，晴川帶華薄。邃宇列綺牕，蘭室接羅幕。」描述屋宇之陳設，極其華麗，而「招魂」所云「高堂邃宇，羅幬張些。……絚洞房些。……臨曲池些。……蘭薄戶樹。」正爲其張本也。又「日出東南隅行」：「高臺多妖麗，……美目揚玉澤，蛾眉類翠翰。」正與「招魂」：「蛾眉曼睩，目騰光些」所述相近。

至乎宋初，山水方滋。謝靈運爲元嘉之雄，以五言短篇呑納衆奇，模山範水。清陳祚明云：「詳謝詩格調，……取澤於離騷、九歌。江水、江楓、斵水、積雪，是其師也。」（《采菽堂古詩選》），言謝詩藻採「楚騷」，洵爲有見。然又何止「騷經」、「九歌」而已，「二招」亦多及之。如「登上戍石鼓山」：「汨汨莫與娛，發春托登躡。……白芷競新苕，綠蘋齊初葉。」即胎息「招魂」：「獻歲新春兮，汨吾南征。菉蘋齊葉兮，白芷生。」略加變化。又「遊南亭」云：「澤蘭漸被逕，芙蓉始發池。未厭青春好，已覩朱明移。」則自「招魂」：「朱明承夜兮，時不可以淹。皐蘭被徑兮，斯路漸。」「臨曲池些，芙蓉始發。」融鑄而出。至其「過日岸亭」：「援蘿聆青崖，春心自相屬。」「春心」一詞即本於「招魂」：「目極千里兮傷春心」。又「從斤竹澗越嶺溪行」：「川渚屢逕復」，亦採自「招魂」「川谷徑復」。似此，謝詩寫景，多澤取二招也。鍾嶸「詩品」論其詩曰：「才高詞盛，富艷難蹤。」「尙巧似，而逸蕩過之。」如是，謝詩風格正與「二招」之艷耀相涉矣。

唐世受「二招」風格影響最著者，首推李賀。賀詩源楚騷，詩中嘗自道其學。如「贈陳商」

云：「楚騷繫肘後」，「傷心行」云：「咽咽學《楚辭》」，「昌谷北園新尹」云：「斫取青光學《楚辭》」，是知賀有取於騷也。至其詩之詭異幽深，牛鬼蛇神，尤取資於「招魂」。蓋李賀深習《楚辭．招魂》，曾評之曰：「幽秀奇古，體格較騷一變。」而賀詩之幽奇正與「招魂」類似。於是李賀搦管，遂多「招魂」餘影。其「致酒行」云：「我有迷魂招不得，雄鷄一聲天下白。」「南園」云：「鄭公鄉老開酒樽，坐泛楚奏吟招魂。」均言及招魂習俗。其自「昌谷到洛陽門」云：「聞道蘭臺上，宋玉無歸魂。」此典用「招魂」也。至「公無出門」云：「天迷迷，地密密。熊虺食人魂，雪霜斷人骨。嗾犬唁唁相索索。」則將「招魂」「雄虺九首，……呑人以益其心。」「惟魂是索」「飛雪千里」諸句凝鑄而成。又「金銅仙人辭漢歌」：「衰蘭送客咸陽道」，清吳汝綸以爲此句意境源出「招魂」：「皐蘭被徑兮，斯路漸。」❶其他如「傷心行」：「燈青蘭膏歇」，採自「招魂」「蘭膏明燭」；「河南府試十二樂詞」：「光風轉蕙百餘里」，其中「光風轉蕙」四字則襲自「招魂」。似此，皆賀詩與「二招」相關，有迹可尋者也。另如「綠章封事」云：「願攜漢戟招書鬼，休令恨骨塡蒿呈。」誠造境詭異，「長平箭頭」：「左魂啼肌瘦，酪瓶倒盡將羊炙。」則譎怪之至；又「秋來」云：「思牽今夜腸應直，雨冷香魂弔書客。」可謂設色幽咽。故嚴羽評賀詩爲「瑰詭」，周紫芝亦稱：「李長吉語奇而入怪。」（《古今諸家樂府》序）然

❶見周誠眞《李賀論》頁一二六。香港文藝書屋出版。

此瑰詭入怪之風格，非但爲李賀詩風，亦二招之特色。凡此，則爲自漢以下受「二招」風格影響之大要者也。

二、立　意

「二招」力陳四方之惡，艷誇故居之樂，欲魂兮歸來，並自逑生者之悲，此其立意也。後世詩人抒懷寫志，每有用其意而略其貌者。如李白「蜀道難」，首云：「噫吁嚱！危乎高哉！蜀道之難難於上青天。蠶叢及魚鳧，開國何茫然。爾來四萬八千歲，不與秦塞通人煙。西當太白有鳥道，可以橫絕峨眉巓。地山崩摧壯士死，然後天梯石棧相鉤連。上有六龍回日之高標，下有衝波逆折之回川。黃鶴之飛尙不得過，猨猱欲度愁攀援。青泥何盤盤，百步九折縈巖巒。捫參歷井仰脅息，以手撫膺坐長嘆。」造語奇崛，句法參差，恣縱變化，極寫山川道途之險。次云：「問周西遊何時還？畏途巉巖不可攀。但見悲鳥號古木，雄飛從雌繞林間。又聞子規啼夜月，愁空山。蜀道之難難於上青天，使人聽此凋朱顏。連峯去天不盈尺，枯松倒掛倚絕壁。飛湍瀑流爭喧豗，砯崖轉石萬壑雷。其險也若此，嗟爾遠道之人胡爲來哉！」再言蜀道之險，筆勢縱橫，並隱喻玄宗幸蜀之非。末曰：「劍閣崢嶸而崔嵬。一夫當關，萬夫莫開。所守或匪親，化爲狼與豺。朝避猛虎，夕避長蛇。磨牙吮血，殺人如麻。」亟稱四周之惡。故方東樹云：「朝避猛虎四句，同屈子招魂。」（《昭昧詹言》卷十二）而後，「李白道：「錦城雖云樂，不如早還家。」點出一篇旨意，與「招魂」中「魂兮歸來，反故居些」全同。至於篇末「蜀道之難難於上青天，側身西望長咨嗟」二句總綰全文，亦與「招魂」末尾「魂兮歸來哀江南」立意相似。另外，蜀道難中以「蜀道之難難於上青天」冒起並貫串全篇，亦與「招魂」以「魂兮歸來」聯絡照應前後相近。此殆李白有取於「二招」者也。

至若杜甫詩中，與「招魂」立意相似者不乏其例。如「夢李白」二首之一云：「恐非平生魂，路遠不可測。魂來楓林青，魂返關塞黑。」寫李白入夢情景，魂魄依稀歸來，正與「招魂」末「湛湛江水兮，上有楓。」「魂兮歸來哀江南」之意近似。故蔣弱六云：「『魂來楓林青，魂返關塞黑』二句抵宋玉招魂一篇。」❷又「石龕」云：「熊羆咆我東，虎豹號我西。我後鬼長嘯，我前狨又嗁。」陳四方之阨，與「招魂」所稱四方險惡之境類似。唯「招魂」篇中大力鋪排不測之禍，而杜甫僅以四句櫽括，即萬慘畢集。如是觀之，工部可謂善於措旨立意者也。至「乾元中寓居同谷縣作歌七首」之六云：「四山多風溪水急，寒雨颯颯枯樹濕。黃蒿古城雲不開，白狐跳梁黃狐立。我生何爲在窮谷，中夜起坐萬感集。嗚呼五歌兮歌正長，魂招不來歸故鄉。」前四句極言同谷慘景惡境，末卻自招魂不歸以反襯哀情。故楊倫注曰：「結語翻用招魂『魂兮歸

❷ 見楊倫《杜詩鏡銓》夢李白二首所附評語。

來，反故居些』哀情更深。」後宋汪元量，仿工部「同谷七歌」，依「招魂」命意作「浮丘道人招魂歌」。首云：「有客有客浮丘翁，一生能事今日終。嚙氈雪窖身不容，寸心耿耿摩蒼空。睢陽致難氣塞充。大呼南方男兒忠。我公就義何從容，名垂竹帛生英雄。嗚呼一歌兮歌無窮，魂招不來何所從。」以下依次爲：「有母有母死南國，……嗚呼二歌兮歌復憶，魂招不來長嘆息。」「有弟有弟隔風雪，……嗚呼三歌兮歌聲咽，魂招不來淚流血。」「有妹有妹天一方，……嗚呼四歌兮歌欲狂，魂招不來歸故鄉。」「有妻有妻不得顧，……嗚呼五歌兮歌正苦，魂招不來在何所。」「有子有子衣裳單，……嗚呼六歌兮歌欲殘，魂招不來心鼻酸。」「有女有女淸且淑，……嗚呼七歌兮歌不足，魂招不來淚盈掬。」「有詩有詩吟嘯集。……嗚呼八歌兮歌轉急，魂招不來風習習。」「有官有官位卿位，……嗚呼九歌兮歌始放，魂招不來默惆悵。」此則歌行體之招魂也。全篇以「魂招不來」渲染作者胸中之悲切，激昂酸楚可見。

若韓偓「故都」七律一首，寄意悲涼，亦與「招魂」同旨。詩曰：「故都遙想草萋萋，上帝深疑亦自迷。塞雁已侵池籞宿，宮鴉猶戀女牆啼。天涯烈士空垂涕，地下強魂必噬臍。掩鼻計成終不覺，馮驩無路斆鳴鷄。」時朱全忠篡唐，遷都洛陽，韓偓遙思長安，滿目悽惻。「天涯烈士」韓氏自謂也，「地下強魂」則指當日貶死之人，語多悲憤。篇末「掩鼻計成終不覺」譏朱全忠媚取天下，「馮驩無路斆鳴鷄」喩己報國無由之悲。故吳汝綸評云：「此國亡後忼慨欲報之意。情見乎詞。至意旨之悲哀抑鬱，與離騷、招魂，異曲同工矣。」洵爲有見。蓋「招魂」末云「魂兮歸來哀江南」，時屈子遙思郢都，悲懷王客死於秦，哀己之歸返無期，則與韓偓悲故都之情相近矣。

自唐宋以來，以招魂取意者，不外自招死者或招生者之魂上寄情言悲❸。其中甚或襲取《楚辭》「招魂」「大招」篇名以立意。如清尹恭保有「大招篇」，詩中「魂兮歸來駕雲車」「魂兮歸來享尊俎」「魂兮歸來侍先皇」正是「大招」「魂乎歸徠」之意。降及民國，孫大雨有「招魂」小詩，弔徐志摩。第二節後半云：「快回來，百萬顆燦爛／點著那深藍／那去處闇得可怕／那兒的冷風太大／一片沉死的靜默，你過得慣？……」雖措辭不同，然悼念死者之情與《楚辭》「招魂」無異。似此，則歷來與「二招」立意近似者。

三、用典

幽明兩隔，借招魂以言情，此人之常也。詩人摘采，取事類義，每好援引《楚辭》「二招」

❸ 招死者之魂，如孟郊：「瘞石齒相鎖，沉魂招莫歸。」（哭山中友人），李商隱：「蘇小小墓今在否，紫蘭香徑與招魂。」（汴上送李郢之蘇州）等。招生者之魂，如宋之問：「故園長在目，魂去不須招。」（早發韶州），杜甫：「楚隔乾坤遠，難招病客魂。」，陳與義：「易破還家夢，難招去國魂」（道中家事）等。

爲飾，於是典用「二招」之例，歷代有之。

唐世典用「二招」者，首推劉長卿。其「感懷」七律云：「愁中卜命看《周易》，夢裡招魂讀《楚辭》。」❹此明言《楚辭・招魂》也。後杜甫則暗用入詩。如「歸夢」云：「夢魂歸未得，不用《楚辭》招。」工部自夢魂未歸、招之無益立意，所謂「楚辭招」當指「二招」。又「君不見簡蘇徯」末云：「深山窮谷不可處，霹靂魍魎兼狂風。」工部自深谷不測，欲蘇氏留心上著墨，特顯關懷之情。而此二句正約取「二招」四方多阨、歸來爲宜之旨。故浦起龍《讀杜心解》中評曰：「結暗用招魂」。至於韓愈用「招魂」典，則明拈招者「巫陽」。其「陸渾山火一首和皇甫湜用其韻」云：「側身欲進叱於閽，帝賜九河湔涕痕。又詔巫陽反其魂，徐命之前又何寃？」而後自「巫陽」招魂處轉鋒，另闢險怪詩境。又其「嘲鼾睡」云：「雖令巫咸招，魂爽難復在。」以「巫咸」爲招者，「巫咸」見於「離騷」。另元稹「酬東川李相公十六韻」云：「請帝下巫覡，八荒求我魂。」則以「巫覡」統稱之。逮及李商隱，取事類義，並及乎招魂作者。其「哭劉蕡」云：「上帝深宮閉九閽，巫咸不下問銜寃。黃陵別後春濤隔，湓浦書來秋雨翻。只有安仁能作誄，何曾宋玉解『招魂』。平生風義兼師友，不敢同居哭寢門。」頸聯以宋玉「招魂」翻案，所謂死者已矣，招魂無益。「何曾宋玉解招魂」實力寫幽明永隔之大悲。又其「楚宮」：「湘波如淚

❹ 此詩並見《全唐詩》卷一九七。作者爲張謂。題云「辰陽卽事。」

色漻漻，楚厲迷魂逐恨遙。……空歸腐敗猶難復，更困腥臊豈易招？……」自人死軀腐，形魄難復，魂氣難招上立論，可謂翻深一層。至羅隱「渚宮愁思」：「欲招屈宋當時魄，蘭敗荷枯不可尋。」自魂魄渺茫，終不可招立意，與《楚辭》「二招」原旨相異。凡此，則唐代用典之大略也。

降及兩宋，典用「招魂」者不乏其例。如黃庭堅「砌臺晚思」云：「目極江南千里春，誰今灑筆可招魂？」上句「目極江南千里春」，卽語出「招魂」「目極千里兮傷春心」，下句自灑筆招魂一事逗思，語意不盡。至其「對酒次韻寄懷元翁」：「醉魂招不來，浪下巫陽些。」則明用「招魂」典故，以寄懷想之情。及東坡賦詩，亦雅好此典。如「澄邁驛通潮閣」云：「餘生欲老海南邨，帝遣巫陽招我魂。杳杳天低鶻波處，青山一髮是中原。」時東坡放逐南域，境似屈原，撫今追昔，不勝蕭條異代死生同悲之慨，「帝遣巫陽招我魂」一句，特寓死生恍惚之嘆。又其「己未十月十五日獄中恭聞太皇后不豫有赦作詩」云：「漢宮自種三生魄，楚客還招九死魂。」亦以楚客死魂得招，喻獄中獲赦，再世重生之感。至其「六月二十七日望湖樓醉書」云：「無限芳洲生杜若，吳兒不識楚辭招。」所謂「楚辭招」實近承杜甫「夢魂歸未得，不用楚辭招。」(歸夢)，遠溯《楚辭》「二招」也。其他如「已約年年此時會，故人不用賦招魂。」(正月二十日與潘郭二生出郊尋春忽記去年是日同至女王城作詩乃和前韻)，以魂返故居，喻已之如期赴約，頗富情味。由是觀之，東坡誠善於用典也。逮及劉克莊，亦好此典。如書事云：「貧富皆當終臘下，招魂何處有神巫？」以神巫招魂跌宕，引人深思。又「湖南江西道中」：「今日洛陽歸不得，招魂合在楚江邊。」借招魂以寫道途之險及前程未卜之慨。至「挽李卿儔老」云：「故交白頭盡，空爲賦招魂。」則自招魂無益上寓意。此外，宋人用「招魂」典故者，如錢惟演「荷花詩」：「淚有鮫人見，魂須宋玉招。」陸放翁「與黎道士小飮偶言及曾文清公慨然有感」云：「曾公九原不可作，一尊破涕誦招魂。」均承《楚辭・招魂》原旨，未見新意。

元代以招魂入詩者，如張翥「自悼詩」云：「復向詩中記受生，魂不歸來歌楚些。」則以歌「招魂」楚些，自招一己之魂。又元遺山「李屏山」「挽章」七律一首，末云：「中川豪傑今誰望，擬喚巫陽起醉魂。」「醉魂」二字承頸聯「白也風流餘酒杯」，「擬喚巫陽」招魂，喩其爲衆望所歸，可謂託旨深遠。降及明代，亦多援引「招魂」，以託悲情。如「郭奎中酒」云：「惆悵東風醒亦醉，夢中常是賦招魂。」而賦「招魂」終是惆悵惘然之音。若除完「錢塘懷古」：「王國城頭魂不返，傷心誰賦楚辭招。」所謂魂魄已渺，賦「招魂」一賦，唯增人傷嘆。又如陸釴「謁文山祠」：「彌天碧草傷心色，楚賦招魂有所思。」同爲典型夙昔，不勝今古追懷之慨。至徐㶿「樵夫詞」：「荒祠近對秦淮水，誰與招魂賦九歌。」雖云招魂，唯以「九歌」祭神行之，或爲江南習俗。另如王士昌「出都」：「長沙憐謫所，不敢賦招魂。」則自貶謫未歸上託懷，中寓悲感。

清代典用「二招」者，或直陳篇名。如周茂源「過陳黃門墓」云：「大招擬賦還停筆，挂劍潛來恐是非。」錢陸燦「輓王西樵司勳」云：「煙霞痼疾成長別，蘭茝歸來下大招。」王錫九「豫讓橋」云：「一溪煙樹冷蕭蕭，殘魄憑誰唱大招。」均引《楚辭・大招》寄以慨嘆。若于豹文

「閉門」：「小草曾嗤謝安石，大招無奈楚靈均。」則採王逸「大招章句。」之說。至援引作者致慨者，如尙鎔「湘潭舟中」云：「善招雖有玉，魂魄豈能起。」金德瑛「題吾汶稾」：「昔者宋玉師屈原，莫能直諫空招魂。」均言招魂之無益，若洪良品「赤壁于清端公祠」云：「千載招魂悲宋玉，一龕香火伴東坡。」則直取宋玉悲師之意。至明言招者巫陽，如惲格「王郎移家桃源澗」云：「巫陽呼九關，空中鳴天鼓。增城非故居，上帝無寧處。」龔自珍「自春徂秋偶有所觸拉雜書之漫不詮次得十五首」云：「稍長誦楚些，招魂招且讀。陳爲樂之方，巫陽語何縛。」似此，則清人用典之大略也。

四、遺辭

歷代詩人遺辭，不乏採自「二招」者，「二招」中尤以「招魂」爲最。如阮籍「詠懷詩」十一首云：「湛湛長江水，上有楓樹林。皐蘭被徑路，青驪逝駸駸。遠望令人悲，春氣感我心。」此六句卽自「招魂」亂曰：「青驪結駟兮，齊千乘。」「皐蘭被徑兮，斯路漸。」「湛湛江水兮，上有楓。目極千里兮，傷春心。」隱括而成。至於「招魂」中「些」「光風轉蕙，氾崇蘭些。」「虎豹九關」「獻歲發春，汨吾南征。」「目極千里兮，傷春心。」「砥室翠翹」「翡翠珠被，爛齊光些。」「菎蔽象棊，有六簙些。分曹並進，遒相迫些。成梟而牟，呼五白些。」等詞，後世援用極爲普遍，以下分別言之。

(一)：**些**

「招魂」中招詞二百二十八句，隔句句末用「些」，計一百一十四見，此「招魂」之特殊語辭也。唐顧況「朝上清歌」云：「曼聲流睇，和清歌些。至陽無諼，其樂多些。旌蓋颯蓋，簫鼓和些。反風名香，香氣遐些。瓊田瑤草，壽無涯些。君著玉衣，升玉車些。欲降瓊宮，玉女家些。其挑千年，始著花些。」此四言排比，隔句句末用些，實仿自「招魂」。且歷代每以「楚些」代表「招魂」哀曲。如韓愈云：「楚些待誰弔，賈辭緘恨投。」（遠遊聯句），殷堯藩云：「騷靈不可見，楚些竟不聞。」（楚江懷古），蘇軾云：「淒涼楚些緣吾發，邂逅秦淮爲子留。」（次韻抗人裴維甫）「帝鄉不可期，楚些招歸來。」范成大云：「慷慨悲歌續楚些，彷彿幽瑟迎湘靈。」元謝宗可云：「似欠靈均歌楚些，逋仙墳冷草蕭蕭。」（梅魂），吳師道云：「楚些祇添當日恨，戎葵不似故國花。」（端午），清熊賜履云：「楚些一曲哀江頭，思君不見悲風起。」（臨皋漁人輓歌）等皆是。至如劉克莊「挽鄭淑人」云：「舊人猶有任安在，攬涕西風獻些詞。」所稱「些詞」亦「楚些」也。

(二)：**光風轉蕙，汜崇蘭些**

「光風」一詞，六朝樂府中行之。如無名氏：「朞日照綺錢，光風動紈素。」（子夜歌）「光風流月初。」（子夜四時歌），後溫子升云：「光風動春樹」（春日臨池），權德輿云：「光風澹澹百花吐」（樂府），沈佺期云：「皓月掩蘭室，光風虛蕙樓。」（擬古別離），楊凝云：「春雲開氣逐光風」（春霽晚望）等，均以「光風」寫微風輕拂，光影搖動之景。至於以「光風轉蕙」成句入詩者，如王儉：「妶夕竟何夕，念別開曾軒。光風轉蘭蕙，流月汎虛園。」（後園餞從兄豫章五絕），魏徵：「玄鳥司春，蒼龍登歲。節物變柳，光風轉蕙。」（唐五郊樂章肅和）均是。若李白「古風五十九首」之一云：「光風滅蘭蕙，白露灑葵藿。」僅易「轉」爲「滅」耳。另外將「光風轉蕙，氾崇蘭些」略加變化者，如蘇軾：「東光渺渺泛崇蘭」（海棠），「光風泛泛初浮水」（葉公秉王仲至見和次韻答之再和）等。

㈢：**虎豹九關**

「九關」一詞，後援用甚早。如徐幹：「雖路在咫尺，雖涉如九關。」（贈劉公幹詩），吳邁遠：「一見願道意，君門已九關。」（長相思），李白：「猛犬吠九關，殺人憤精魂。」（書情贈蔡舍人雄），均以「九關」極爲險阻難通。至於援「虎豹入關」此句入詩者，當推黃庭堅爲最❺。

❺ 以「虎豹九關」入詩者，其他如方岳：「猿猱三逕小，虎豹九關深。」（唐待十香），陸放翁：「九關虎豹君休問，已向人間得地仙。」（湖村秋曉），元遺山：「千年虎豹守天門」（天門引）等。

如「石有補天材，虎豹守九關。」（八音歌贈晁堯氏），「從軍補掾百僚底，九關虎豹何由攀。」（再次韻呈廖明略），「虎豹九關嚴，飄零落閑處。」（題劉法直詩卷）均是。又其「安知九天關，虎豹守夜叉。」（代書），「百年世路同朝菌，九鑰天關守夜叉。」（浩照詞二章），只略爲增減分合而已。其中「夜叉」即「招魂」：「虎豹九關」下所云之「一夫九首」「豺狼從目」相當。

㈣：**獻歲發春，汨吾南征**

「獻歲」，見於韓愈：「先期迎獻歲」（春雲間早梅）「卽路涉獻歲，歸期眇晚秋。」（遠遊聯句）。若「獻歲發春」一句，吳均「陽春歌」稍加鎔裁爲「青春獻初歲，白日映雕梁。」至於「汨吾南征」，王融「遊仙詩」五首之一云：「湘沅有蘭芷，汨吾欲南征。」則改四言爲五言耳。

㈤：**目極千里兮，傷春心**

「目極」「春心」已爲後世慣用語。前者如荀雍：「目極依春樹」（臨川亭），謝靈運：「目極盡所討」（擬魏太子鄴中集詩八首），孟郊：「目極魂斷望不見」（巫山高），王維：「目極情未畢」（使君五郎西樓望遠思歸）等；後者如「春風動春心」（子夜歌），謝朓：「春心澹容與」（和何儀曹郊遊二首），張九齡：「春心益渺然」（春江晚景），李商隱：「春心莫共花爭發」（無題）等。至於「目極千里」，後代多有與之相似者。如岑參：「目極傷千里，懷君不自持。」（錢唐州高使詔），李百藥：「郢異三春望，終傷千里目。」（郢城懷古），黃庭堅：「目極江南千里春」（砌臺晚思）等。

㈥：砥室翠翹

「翠翹」一詞，後世多沿用。如溫庭筠：「拾得當時舊翠翹」（太子見池），唐彥謙：「半袖籠清鏡，前絲壓翠翹。」（湘妃廟），蘇軾：「君緣接座交珠履，我爲分行近翠翹。」（梓州罷吟寄同舍）等。

㈦：翡翠珠被，爛齊光些

此名物之描繪，後世不免有與之近似者。如王維：「輕紈疊綺爛生光」（送李睢陽），「爛生光」則近乎「爛齊光」也。若長孫無忌：「翡翠珠被爛齊光」（新曲），卽直援引，唯去句末些字而已。

㈧：菎蔽象棊，有六簙些。分曹並進，遒相迫些。成梟而進，呼五白些

「六箸」，後世都作「六博」。如王褒：「誰能攬六博，還當訪井公。」（輕舉篇），李益：「分曹六博快一擲，迎歡先意笑語喧。」（漢宮少年行），韓愈：「生死隨機權，六博在一擲。」（送靈師）等。「分曹」，如韓愈：「分曹決勝約前定」（汴泗交流贈張僕射），李商隱：「分曹射覆蠟燈紅」（無題）等。「五白」，如韓愈：「求勝通宵博，五白氣爭呼。」（晚秋郾城夜會聯句），李白：「連呼五白行六博，分曹賭酒酣馳暉。」（梁園吟）等。似此「六博」「五白」均爲賭具，故後世詩中亦多言之。

五、結論

招魂習俗，淵源極早，降及清世，亦未見衰❻。而《楚辭》「二招」首唱驚險奇特之調，獨發勝采；劉勰稱之「『招魂、』『大招』，耀艷而采華。」（《文心雕龍・辨騷》），金蟠許爲「前無所唱，『招魂』難於創始。後踵其華，『大招』難於後勁。此二招所以並垂千古也。」（見《楚辭集注》明揚修齡刊本所附評語），是知「二招」誠羣言之珠玉，神思之奧區也。於是後世詩人吟誦據典，鎔裁取約，不免澤取於「二招」。

❻ 清雷鐘德「初至涪州」云：「江漲夜多雨，秋深天尚溫。峽猿吟到曉，沙鳥語當門。巫鼓迎神曲，村歌勸世言。蠻方盛鬼魄，日日只招魂。」事實上，招魂習俗，民國以來，民間仍盛行不歇。

綜上四端觀之，「二招」與歷代詩歌之關係，不可不謂深矣。雖曰「二招」非《楚辭》中首出鉅著，然「二招」寫作之特殊，及其藝術之成就，誠不容忽視也。

古詩的悲怨之情

一、前言

作爲一個人，絕無法徹底跳出人文化成的世界，孤寂地離群索居。於是當站在山河大地，面對一己存在的有限時空，人的心靈常不免翻湧出追求無限的意願，與起自我形單生命企求圓滿密合的心願。在人際間，我們尋找感情之流的互通順遂，進而形成更大的江河，流過人類整體生命的原野；在人生的歷程上，我們追求人間創業的成就，讓躍動的生命能完完全全的淋漓發揮。然而，一當理念落實在現實層面，恒有人爲或非人爲的阻礙橫梗於前，衝盪地寫出人世坎壈的側面景觀。於是，在情感上，激起生離死別、去國懷鄉的相思；在人生上，產生遭時不遇的鬱憤，相摩相盪，而激情生焉。再加上個體生命在宇宙大力運轉中的虛無性，遂構成人天無法排遣的深層感慨，亦卽古詩中的悲怨。

「古詩」一辭，首先見於梁蕭統的《昭明文選》，同時劉勰的《文心雕龍》、鍾嶸的《詩品》、徐陵的《玉臺新詠》均沿用之。綜合六朝各家的意見，「古詩」一辭所指的是兩漢無名氏的作品❶。因此，本文所探討的「古詩」，以古詩十九首爲主（依《昭明文選》次序），並及蘇武、李陵的五答詩，和今日尚存的五首古詩❷。底下則就別離思念的悲怨，以窺漢人感情的原質，另外則就人生存在的悲怨，來看漢人的生命情調。

二、漢人感情的原質

大凡人之於愛，莫不欲長相左右，終老一生，但事實往往證明，這只是一個奢侈的希冀。在客觀環境的因緣下，生命有如不得已的浮萍，或世亂飄蕩，或謫居放逐……自古以來，「死別吞聲，生別惻惻」的離別思念之情，像一股巨大潛藏的暗流，無時無刻不在衝擊震盪我們的心靈世界。屬於這一組的古詩，大都描寫兩性間的情感。在進入討論之前，我們先看看先民在《詩經》

❶ 據《昭明文選》、《文心雕龍》，對於古詩的作者「或稱枚乘」「或稱枚叔」，均屬推測或然之辭。徐陵《玉臺新詠》大膽謂是枚乘所作，劉勰亦謂「冉冉孤生竹」爲傅毅所作，後人已有辯證推翻。本文採取方祖燊先生《漢詩研究》（正中版）中對古詩作者所作的結論。

❷ 或有人將十五從軍行、上山采蘼蕪當作古詩，如沈德潛的《古詩源》。但一般均將之收入古樂府部份，今不列入討論。尚存古詩五首，採用汪中先生《詩品注》（正中版。頁六六）中所列。

中兩性情感的表現。如衞風的「伯兮」：

伯兮朅兮，邦之桀兮。伯也執殳，為王前驅。
自伯之東，首如飛蓬。豈無膏沐，誰適為容。
其雨其雨，杲杲出日，願言思伯，甘心首疾。
焉得諼草？言樹之背。願言思伯，使我心痗。

在純樸的心靈世界裏，妻子一步步地吐露對丈夫的深層思念，其中含藏無限的關心與寬諒，及思念的殷勤與專一。卽使是「首疾」「心痗」仍不在乎，這是先民感情的溫厚。又如齊風的「鷄鳴」：

「鷄既鳴矣，朝既盈矣」。「匪鷄則鳴，蒼蠅之聲」。
「東方明矣，朝既昌矣」。「匪東方則明，月出之光」。
「蟲飛薨薨，甘與子同夢。會且歸矣，無庶予子憎」。

表現女子的溫柔、賢淑，有一種明正的姿態。從催夫早起到「甘與子同夢」，中間的色情盡歸於清明的理性，而表現只是戲劇性的對話，此是何等的溫婉。以上，抽樣的擧出例證，說明民謠風格的詩經所含蘊的情感是屬於大地般持載、寬厚的溫柔敦厚之情。而後，我們看看《詩經》、《楚辭》後古詩的悲怨之情，則可以發現它是同質地發展下來。底下將從感情的形式技巧及內容實質兩方面來把握漢人的情懷。這一組的詩包括古詩十九首中的十首：「行行重行行」(第一)，「青青河畔草」(第二)，「涉江采芙蓉」(第六)，「冉冉孤生竹」(第八)，「迢迢牽牛星」(第十)，「凜凜歲云暮」(第十六)，「庭中有奇樹」(第九)，「孟多寒氣至」(第十七)，「客從遠方來」(第十八)，「明月何皎皎」(第十九)；其他尚存的古詩中有三首：「悲與親友別」，「新樹蘭蕙葩」，「步出東門行」；李陵與蘇武詩三首：「良時不再至」，「嘉會難再遇」，「攜手上河梁」；蘇武詩四首：「骨肉緣枝葉」，「黃鵠一遠別」，「結髮爲夫妻」，「燭燭晨明月」。

㈠形式技巧

甲、多用曲盡的表現手法

這種手法如抽絲剝繭似，將感情紆迴縈繞地刻劃出來；又像漩渦似的，一層又一層的深漩進去。其中，多用興的方式，跌宕縱收，轉折開闔。一點情絲，移動在過去、現在、未來的時間情境與想像裏，飛躍在實有、設想的空間與幻境中。因此，欣賞這些詩，必須細細咀嚼，否則無法看出它的脈落，更無法體會人心的曲折。例如古詩十九首第一首「行行重行行」和李陵與蘇武

但細繹之，則有迴環不盡的情意。如古詩十九首第二首「青青河畔草」，一路上，由遠而近，將「青青」「鬱鬱」「盈盈」「皎皎」「娥娥」「纖纖」等疊字連疊而下，其中不知暗藏了多少如無銜之馬般熱烈奔蕩的感情；而結束時，卻將胸中泛濫沖激的情感輕輕綰住，以「空床難獨守」的哀怨來提振前面空寞的感情，怨而不怒，哀而不傷，依然可以發現妻對夫的一往深情。第九首「庭中有奇樹」，將久來蘊積綿綿不絕的思念：從樹到綠葉，從綠葉到花，從花到人，娓娓述來；到末尾第二句「此物何足貴」，以自問自答，反振前面微波輕漾的心意，理出望風懷想殷勤思念的深情遠致；最後以「但感別經時」一句，將久別路遙的無盡相思撮於此刻，作輕喟式的迸射。古詩「新樹蘭蕙葩」也是雷同的由樹到花，由花到人，再從花的易謝想到自身，最後以獨立風中不語的形象作結，含蓄的筆法表現出一種淵永不盡的深意；即生命對於時間的悸動，純情而銳感的悸動。第十首「迢迢牽牛星」，作者從遠處天際寫來，傷悲想念之情逐漸移近而高漲，彼此空間上天涯地角的隔距則被悠悠的情思縮短於咫尺之間；到了末尾，卻只能一水之間，分明盼視，千種風情，更與誰說？此情此景，雖是淡淡默默，卻又具有極大的張力，使人心弦震動，情不能已！第十七首「孟冬寒氣至」，從節令忽改，星圖橫展，月圓月缺，勾起對伊人睽違已久的追憶，而後以珍惜的態度側顯出友情的溫馨：「置書懷袖中，三歲字不滅，一心抱區區，懼君不識察」，只是很平淺的語言，更沒有技巧上的賣弄，但溫情厚意卻充溢筆外，漢人的這種平正的感情原質，是後代人如何都學不來的。第十八首「客從遠方來」，首先寫「遺我一端綺」的驚喜，繼而表面上寫「裁爲合歡被」忙碌的歡樂，不必再逕說什麼，詩中卽飛升一片深沈相思的痴迷。古詩「步出東門行」及蘇武詩「黃鵠一遠別」，前者詩中不言悲悵，而結尾以「願爲雙黃鵠，高飛還故鄉」的想像，特顯歸鄉情切。後者雖明言「俯仰內傷心，淚下不可揮」，也跟著以「願爲雙黃鵠，送子俱遠飛」收斂情思而宕出不盡之意。另外蘇武詩「結髮爲夫妻」「燭燭晨明月」及李陵答蘇武詩「携手上河梁」，則都將別離的悲情歸本於彼此互勉、各自努力的關切，而由於漢詩人懇摯親切的情懷，詩中竟嗅不出一點虛僞客套的氣息，只覺到一種明朗而溫暖的哀愁。

(二)內容實質

生命力的奔放，原似長河奔流，感情愈是深厚，則生命的內涵愈是豐富，永遠沒有窮竭之感，如滾滾長江，浩浩東向；同時感情愈是細密，則有似細水長流，顯現溫柔婉轉的風姿。在此，我們將區分出敦厚之情和溫柔之情的特質。前者胸襟寬廣，涵念他人，質樸而厚道，具有持久性；後者宅心和平，善於體貼，靈巧而情深，具有涵容性，漢詩中很明顯的涵蘊著這兩種感情的質地。

甲、溫柔之情的涵容性

人在相思的悲怨不能自已時，縷縷情思便幽忽地在偌大離別的鴻溝間飄蕩。同樣地，漢人在長相思下徘徊思量，雖然明知現實上的契闊，終不免作萬萬不然之想，或以情感改造空間，或顚倒夢想，但總不外以優美眞誠的靈魂涵諒對方。如第一首「行行重行行」，已認知到「浮雲蔽白日，遊子不顧返」這一層殘酷的事實，而依仍替對方的健康幸福着想，盼望對方「努力加餐飯」，自己多多保重；在此我們可看到眞情的體貼已涵蓋了忍心的相離，表現「情」的眞實偉大面。第十首「凜凜歲云暮」，從腸斷的夢醒回到痛苦的現實上，而希冀的引領遙眄，寄望對方有回心轉意的一日。第十二首「靑靑河畔草」，雖然發覺自己遇人不淑，並不斥言對方以洩恨，而兀自輕嘆命運的作弄，猶等待浪子回頭的一天。從兩首詩中，感情的交通卽使是缺憾的，而包容的深情卻是完整的。第八首「冉冉孤生竹」，在美人遲暮的心態下，不怨對方薄倖，亦仍替對方揣摩心跡：「君亮執高節」，由對方眞實的存在而證明了自己的存在。此處不說自己「執高節」，却說對方「君亮」，涵容之情逆挽相會的溫柔之意，可謂至矣！

乙、敦厚之情的持久性

敦厚之情的愛是永遠的信任與忍耐，所謂「死生契闊，與子成說。執子之手，與子偕老」，正是這種感情的表現。漢詩如「思君令人老」句，在「行行重行行」和「冉冉孤生竹」兩首詩中，都顯示出甘心苦待的深情厚意。第十八首「客從遠方來」，全詩洋溢著作者幻想歡樂的心聲，深信雙方感情的始終不渝，雖然背後是「相去萬餘里」的別離。第十七首「孟冬寒氣至」，從三年多的離別開始，音信全無，而感情的信任從不使自己動輒懷疑對方，「置書懷袖中，三歲字不滅；一心抱區區，懼君不識察」，對感情的珍惜，使自己超越了一切瑣碎的埋怨。又第九首「庭中有奇樹」，在一片「別經時」的傷懷中，卻有著無限憶念的溫暖，由「但感」的感思裏流出。

又第六首「涉江采芙蓉」的末尾「同心而離居，憂傷以終老」，「同心」固然可喜，「離居」則是可悲，此實乃人間無奈之大悲深痛。「憂傷以終老」的「終」字，含有毫無怨意默默承擔的意味，至死方休。蘇武詩「結髮爲夫妻」，末了更是直吐胸臆：「生當復來歸，死當長相憶」，字裏行間充滿無限纏綿悲情。李陵與蘇武詩末四句「安知非日月，弦望自有時。努力崇明德，皓首以爲期」，也是對於這份友誼互相期許，直至皓首。

然則，無論如何一味地作主觀的想像，縱然以溫柔之情來涵容，敦厚之情來持久，而南北的乖隔還是冷冰冰的事實。內心情思自然的逼迫，使我們無法理智控制，而不去碰觸這個痛處。於是內心如是交湧震盪。出入往復，形成無數錯雜律動不已的漣漪。時空拉得越久越遠，心中的激情則越迴旋越深入，撞向一己生命裏化不開的幽怨深淵。這一組的詩篇，在字面上沒有一個「怨」字，但細細的讀來，其中無不流動著深澈的哀愁。在溫柔涵容、敦厚持久之情的基礎上，這組詩的悲怨是「怨而不怒」的怨。王夫之論群、怨二者的關係時說：「群者而怨，怨欲不亡；怨者而群，群乃益摯。」（《詩繹》）正可借用來解說。總之，漢人溫柔敦厚的心靈所持發的悲怨是：怨之愈深，表現手法愈婉轉深刻；表現手法越含蓄平淡，其中所包含的悲怨愈深厚。而漢人感情上所透顯的不失其正的悲怨，益發凸顯漢人感情的原質：溫柔敦厚的情懷。

三、漢人的生命情調

東漢從中葉以後，統一政府已墮落，內有外戚宦官爭相奪權，外有黃巾、黑山之賊亂，國勢衰微，社會混亂，再加上徭役、飢荒、瘟疫接連的打擊，整個時代非常的沈悶、不安。經術禮法既不足以維繫人心，於是漢人生命的雜質趁此機會浮現上來，道家、遊仙、佛教的思想也相繼滲入。

自覺到時代悲苦的理想主義者，在這人命如草、飄搖不定的時局當中，面對自身無力回天的事實，遂發現生命的有限性與無保障性。飛黃騰達的心願破滅了，事與願違的挫折感成爲一項重大的心理負擔。當此之時，自身又無法疏通條達，遂從理想滑到現實的極端，而其中又充滿著不甘與憤恨。因而這一組的詩，反映了漢人原始生命的深沈與悲怨。包括古詩十九首中的九首：「青青陵上柏」（第三），「今日良宴會」（第四），「西北有高樓」（第五），「明月皎夜光」（第七），「迴車駕言邁」（第十一），「東城高且長」（第十二），「驅車上東門」（第十三），「去者日已疏」（第十四），「生年不滿百」（第十五）。其他尚存的古詩兩首：「橘柚垂華實」「四座且莫諠」。

㈠ 形式技巧：多用直陳逕說的表現手法

詩，言事欲詳盡；不詳盡，則不哀。在浮智的閃爍、氣機的鼓蕩之下，漢人挾生命中的不諧，潛藏強烈的悲怨，噴薄迸射，直率陳述，化爲詩篇，可說痛快淋漓，動人心魄。音調大多激烈高亢，如第二首「青青陵上柏」，從首四句之後，一路引申行樂之意，末二句音響大振：「極宴娛心意，戚戚何所迫。」第四首「今日良宴會」，到第五句「令德唱高言」時，音調響亮，振起通篇。第九句「人生寄一世」以下，節奏急促，將前面「未伸」之意，盡興宣洩。第七首「明月皎夜光」，作者首先感時物之變化，至第九句「昔我同門友」以下，音節上揚，最後在高潮時戛然中斷❸。第十一首「迴車駕言邁」，前半首收歸於「焉得不速老」，後半首將迫切之音，直逼篇末，排蕩出一股悲意。第十三首「驅車上東門」，意氣激發，噴潑下來，不可遏抑，如衝到悲怨的高峯。第十五首「生年不滿百」，也是直接陳述。第四句「何不秉燭遊」音調急轉而上，第六句「何能待來茲」再把漸迫的悲怨推到極至，末尾拿輕筆逆轉。

---

❸ 據勞節「明月皎夜光釋」（《大陸雜誌》第五卷、十二期）一文指出：「玉衡指孟冬」這句詩是指深夜，並非季節。一般主張古詩十九首爲西漢作品的，以此爲主要論證。但今人考證，以詩體發展的痕跡推斷，應是建安以前，東漢和帝之後的安、順、桓、靈諸帝間的作品。

㈡ 內容實質：人生虛無之存在感受

對於個體的存在，每個人都有他獨特的原始經驗。漢人在面對宇宙流轉中萬事萬物的瞬變下，均感受到人生存在的虛無。於是，在詩中紛紛以貼切的表現，點透喚醒人生的虛無感，把讀者逼到人生的懸崖邊緣，使之驚心動魄。如「白揚多悲風，蕭蕭愁殺人」（去者日以疏），「人生天地間，忽如遠行客」（青青陵上柏），「四時更變化，歲暮一何速」（東門高且長），「浩浩陰陽移，年命如朝露。人生忽如寄，壽無金石固」（驅車上東門），「生年不滿百，長懷千歲憂」（生年不滿百），「所遇無故物，焉得不速老」「人生非金石，豈能長壽考」（迴車駕言邁），「人生寄一世，奄忽若飆塵」（今日良宴會）等，都能夠很強烈地激起人存在感受上的共鳴。然而在面臨人生虛無時，漢人無法從內在生命裏自我超越挺拔，於是大多聊作快語，感憤自嘲，其中頗多弔詭之詞。如第二首「青青陵上柏」，當作者領略人在世間的飄忽性，眞的願意如此「極宴娛心意」地終老嗎？第十三首「驅車上東門」，眞的想「不如飲美酒，被服紈與素」？這些只不過是强作安慰的話，人生虛無的悲感豈是美酒紈素就可告銷？第十五首「生年不滿百」，甘脆說道：「爲樂當及時，何能待來茲」？第四首「今日良宴會」，則是故作謬悠之詞，以寄胸中的悲憤。「何不策高足，先據要路津，無爲守貧賤，轗軻長苦辛」，一段感官享樂的熱中語，似勸實諷。以上這些生命中雜質情感的表白，雖陳義不高，但詩情愈卑下，其中所暗含的悲怨愈强烈，愈能引起沈思和憐憫的深情。尤其尚存的古詩「橘柚垂華實」末兩句：「人儻欲知我，因君爲羽翼」，生命已不再發皇，完全落入仰人鼻息的消極境地；卑屈情態，使人不忍多想。此外，有的仍能保持一點靈明，作蕭然遠行之想。如第五首「西北有高樓」，即是在「但傷知音稀」人生寂寞的悲怨下，寄望「願爲雙黃鵠，奮翅起高飛」。而第十一首「迴車駕言邁」是這組詩中唯一能對人生存在的虛無，表現出「榮名以爲寶」「立身苦不早」的理想性。

四、古詩特色：樸質自然

劉勰在《文心雕龍・明詩》篇中，對古詩的評價非常高：「觀其結體散文，直而不野，婉轉附物，怊悵切情，實五言之冠冕也」。在這裏，劉勰指出古詩共同最大的特色是：「直而不野」。古詩不管在感情，在生命情調上，都非常樸質自然，不刻意加什麼雕飾，也不用什麼典故，完全流之於口吻之間。寫情則曲折、含蓄平淡，寫事則詳盡、悲痛至極，完全視人心悸動的自然傾向，決不是爲文而造情。鍾嶸在《詩品》卷上也論道：「其體源出於國風。……文溫以麗，意悲而遠，驚心動魄，可謂幾乎一字千金」。於此我們把「文溫以麗，意悲而遠」當作別離思念之悲怨這一組詩的表現手法和給予讀者細膩的感受，「驚心動魄」剛好用來作爲人生存在之悲怨這一組詩的表現手法和對於讀者生命的震憾。而這兩種不同感染力，均源出於漢人樸質的心靈，也難怪古詩中帶有極濃重的民歌色彩。如「行行重行行」中「衣帶日已緩」一句，訴諸心靈，沒有任何修飾，到柳永的詞中則變得複雜，並且還要自己說明：「衣帶漸寬終不悔，爲伊消得人憔悴」又「浮雲蔽白日，遊子不顧返」這兩句，到了李白「登金陵鳳凰台」的尾聯「總爲浮雲能蔽日，長安不見使人愁」，雖然同是抒發心緒，但和古詩相比較，顯然已經有點造作了。又如「青青河畔草」這首，最後歸之於「空床難獨守」，直接從正面與寂寞之情。但到了王昌齡春閨詩，同樣在凝裝上樓，忽見陌頭青青柳色而生慨嘆，則不再像古詩似的當場直吐，反而用「悔教夫婿覓封侯」來遮掩。由以上三個後來蛻變的詩詞觀之，我們可以看出古詩表現手法之樸質自然。

五、結　論

我們知道，作品的情感越眞摯，越純粹自然，則越接近人類感情的原型，也越能代表人性中內在的眞實。於是，這一時一地一己的感情，將因爲具有普遍性而躍爲萬古之情，流傳不朽。當然這些作品，必定是出自性情之正，出自心智的調和，含有人性中永恒的屬性。

在漢人溫柔敦厚的感情下，漢人儘管他如何的悲怨哀痛，但終究是離不開它感情的本質，終收束在溫柔之情的涵容、敦厚之情的持久上。這組久別思念之情的悲怨詩，是中國傳統下優美的靈魂，爲漢代詩歌中的瓌寶之一。

而另一組人生存在之悲怨的詩，挾勃然跳躍的氣質浮智，則表現了軟性的物質至上、及時行樂的淺短趣味。對於人生的虛無，但隨直覺的外散，在現實層面上起伏，整個漢人的生命情調顯得卑微不振。卽使偶爾表現出理想性，也不能提高人類自主的精神力量，努力的撐持起生命高峻的風骨。於是，在詩中，我們所看到的只是無可奈何的悲怨，我們無法聽見肯定、剛健而悲壯的聲音。同樣地，漢人不失於溫柔敦厚的悲怨，相對地也有它不足的地方。假使這些詩的背後，沒有一種生命自覺的力量來把持，它也將流於無可奈何的情調，僅僅是低溫無能的溫柔敦厚。而缺乏跨過臨界的勇氣，讓感情生命得以熱熱烈烈地開放。在欣賞漢詩的眞切柔美之餘，我們是否應有更深一層的體認與警惕？■

《鵝湖月刊》三卷五期

樂府詩試論

一、前　言

一點生機，化成世界

一生機，創造了天地；情，妝點了乾坤。這是有情的世界，充滿天地無言的大美。生於斯，長於斯，人與大自然親切地溝通，沒有意識上的對立；看在眼裡，映在心裡，無不是新鮮的感動，生命同情的喜悅。發諸歌謠，則爲人們眞情實感的流露，心靈的天籟之音，因此，大子夜歌道：「不知歌謠妙，聲勢出口心」，正說明了歌謠本質，在說自己的話。而此等大象的生活之歌，也就是樂府詩的化身。

在樂府詩的世界裡，我們可以看到大衆這種意想不到的活潑、躍動的生命活力。於此，人們全無知識的束縛；純任本有資質的素樸、天眞，直觀生活情境。而每一個人都是歌者，共同唱出了天地間如實的情貌。如「江南曲」「敕勒歌」：

江南曲

江南可採蓮，蓮葉何田田。魚戲蓮葉間。魚戲蓮葉東，魚戲蓮葉西，魚戲蓮葉南，魚戲蓮葉北。

敕勒歌

敕勒川，陰山下。天似穹廬，籠蓋四野。天蒼蒼，野茫茫，風吹草低見牛羊。

一爲江南水湄的景致，一爲北地塞外的風光。但自然之美並不被大衆特別關心。兩首只是單純地狀物。以「田田」（修飾「蓮葉」）、「蒼蒼」（修飾「天」）、「茫茫」（修飾「野」）疊字的形容詞來凸顯景物之質性而已，於此，人們以全然開放的心情，溶入大自然的律動裡，共同體會天地間活潑潑的生機。自江南秀美微波的畫面裡，人們詠唱「魚戲蓮葉」忽爾向東、向西、向南、向北的無限生意。自北地雄偉、浩大的空間中，人們感受生命境界的軒昂與蒼涼；並在「風吹草低」的動盪裡，乍見「牛羊」安詳自在地活動其中，領略天地間平和的生機，這是人們和自然親蜜的接觸，和諧的感動，亦卽人尚未從自然分化出來最原始的精神面貌。

傾聽民間的歌聲：「樂府」的成立

在民間的歌聲裡，社會大衆唱出了心中的喜怒哀樂、愛憎悲歡。而其中，以生命不諧之哀怨佔絕大多數。《公羊傳》宣公十五年，何休注曰：

男女有所怨恨，相從而歌。饑者歌其食，勞者歌其事。(「什一行而頌聲作矣」句注)

正說明社會大衆所眞正關心的，在飲食男女最基本的欲求上。因此，民間歌謠可以說是一面歷史鏡子，反映出社會大衆生活的眞實。

然這種徒歌口誦的民間歌謠每每倏爾興焉，倏爾亡焉。直到漢武帝出來，設立「樂府」官署，民間歌謠才得以正式寫定及保存。《漢書・藝文志》說：

自孝武立樂府而采歌謠，於是有代趙之謳，秦楚之風。皆感於哀樂，緣事而發。亦可以觀風俗，知厚薄。

又《漢書・禮樂志》曰：

至武帝定郊祀之禮……。乃立樂府，采詩夜誦，有趙、代、秦、楚之謳。以李延年為協律都尉，多擧司馬相如等數十人造為詩賦，略論律呂，以合八音之調，作十九章之歌。

緣此，可知「樂府」采詩的主要來源一是來自民間，一是文士的創製。並且，這些歌詩有一個共同的特色：全部可以被諸管絃，配樂吟唱。其後，「樂府」這個官署機構的名稱，大約在齊、梁左右，遂演變爲「樂府」這類歌詩體裁的專稱，在文學範疇中，形成一個獨特的文類。因是，我們得知構成兩漢「樂府」詩的條件有二。一是文字，一是音樂。前者在於創製，後者在於入樂。然由漢到魏晉，開始有模仿的作品出現，音樂性逐漸稀薄。到了隋唐，樂府詩已不能入樂，只成爲書面閱讀的詩作。

二、樂府的內涵

兩漢樂府：緣於哀樂，感事而發

兩漢樂府側重社會寫實，和人生百態的反映上。因此，「敍事」成爲兩漢樂府的特色。固然說兩漢樂府「敍事」中所敍述的「事件」，在今日已失去新聞的價值；但在藝術手法的處理下，這些事件遂能超脫時空的限制，表現出事件中人類精神的通性而得以永生。如婆媳間的糾紛（孔雀東南飛），吉屋出租後引出的風波（豔歌行），綁票事件與贖金（平陵東），戰爭殘酷的報導（戰城南），殉情記（公無渡河），以及貧士失職（東門行）、垂死病婦（病婦行）、孤兒受虐待（孤兒行）等這些有血有肉的故事，痛苦呻吟的人物心裡，在今日讀來，仍栩栩如生，充滿著眞實、親切、同情與哀憫的藝術形相。

自兩漢樂府「敍事」的心裡源起，我們絕對可以掌握漢人創作時「緣於哀樂」的性情之眞，然就「感事而發」中事件人物所呈現的情感特質，我們可以發覺漢人充滿與人爲善的存心：自性情之眞，而走向性情之正的倫理層次。因是，在兩漢樂府裡，我們看到的，是夫婦意篤念深的貞定之情。如「陌上桑」中「使君自有婦，羅敷自有夫。」羅敷義正辭嚴的回答，「羽林郎」中：「男兒愛後婦，女子重前夫。人生有新故，貴賤不相踰。」胡姬正面的表白，更肯定夫婦之情的貞定不移，絕不爲新故貴賤而變易。「白頭吟」中：「願得一心人，白首不相離。」女子的哭訴，亦是基於此等「發乎情，止乎禮義」之愛的心曲。而這種歸於性情之正的心聲，在「上邪」愛的諾言中：

> 上邪！我欲與君相知，長命無絕衰。山無陵，江水為竭。冬雷震震，夏雨雪。天地合，乃敢與君絕。

可以說得到最敦厚、最誠摯的展現。縱天地動搖，然此情不渝。也唯有這等敦厚持久的愛情方是性情之正的本質。

因此，在這份敦厚持久的情懷上，我們可以看到女性的淑婉。如「他家但願富貴，賤妾與君共餔糜。」（東門行），是何等溫柔的涵容。又如斯溫柔的涵容，在「豔歌何嘗行」中則化爲「若生當相見，亡者會黃泉」的無比深情，生死不渝的貞定，永教人中心懷之，無日忘之。

另外在一些勸世歌裡，如「少壯不努力，老大徒傷悲。」（長歌行），「瓜田不納履，李下不正冠。」「和光得其柄，謙恭甚獨難。」（君子行）的說理，自亦歸本於性情之正。

南北朝樂府：別有幽情與野性的呼聲

無疑，南北朝樂府側重在浪漫抒情上。「別有幽情」是南朝樂府的特色。「野性的呼聲」則爲北朝樂府的寫照。兩者具顯民間性情之眞美，而展現出不同的風貌。

在南朝樂府中，那是一個愛的世界。在喁喁情話裡，充滿著兒女的柔媚與綺思。此際，愛已不成爲禁忌。人與人眞性的交感，充量追求自然生命的酣暢與豐盈。愛與被愛成爲人存在的最大情趣。而愛的追尋與表現亦成爲南朝樂府吳歌西曲中的唯一主題。

吳歌在今日的江蘇、浙江，以建業（卽今「南京」）爲中心；西曲在今日的湖南、湖北，以襄陽爲中心。一爲江南水鄉，一爲荊楚平原，均是商業繁盛的富裕之城。在此歌舞昇平的環境中，男女的愛苗情根得到充分的舒展。或爲青春的禮讚，愛的沈醉；或爲商旅別緒，情的苦惱等形形色色的悲喜，然無不指向纏綣之愛與窈糾之情的核心。如：

華山畿（吳歌）

奈何許！天下人何限，慊慊只為汝！

作蠶絲（西曲）

春蠶不應老，晝夜常懷絲。何惜微軀盡，纏綿自有時。

前者愛中帶怨，後者纏綿悱惻。比起後來元稹的「曾經滄海難爲水，除却巫山不是雲」，這兩首吳歌西曲可說表現得淺白如話，別有幽情。

至於北朝，那是個好俠尙武的天地，充滿野性的呼聲。因此，在北朝樂府中我們看到的，全是英雄兒女豪獷不拘的形象。如「男女欲作健，交伴不須多。」（企喻歌）「健兒須快馬，快馬須健兒。」（折楊柳歌辭）等。和南朝兒女情長的柔弱相比，二者全然不同。因此對於兩性間情愛的態度，北朝樂府的表現是更坦率，開口見心，無遮無礙。如適婚的年齡到了，北地女子則老實催嫁，直接要求。像「小時憐母大憐婿，何不早嫁論家計。」，「天生男女共一處，願得兩個成翁嫗。」（捉搦歌）。「阿婆不嫁女，那得孫兒抱。」「阿婆許嫁女，今年無消息。」（折楊柳枝歌）可說完全採取主動的方式。尤其像「地驅歌」中所述說的：

驅羊入谷，白羊在前。
老女不嫁，蹋地喚天。

誠爲「野性的呼聲」，直是動人心魄！

另外就男女擁抱的情貌來看。南朝樂府中例如：

孟珠

望歡四五年，實情將懊惱。願得無人處，迴身就郎抱。

莫愁樂

聞歡下揚州，相送楚山頭。探手抱腰看，江水斷不流。

雖兩者都寫得綺麗、大膽。但前者仍要在「願得無人處」，後者則須借著看江水的藉口，以遮掩男女親蜜擁抱的心願。反觀北朝樂府：

折揚柳歌辭

腹中愁不樂，願作郎馬鞭。出入擐郎臂，蹀座郎膝邊。

地驅歌

側側力力，念君無極。枕郎左臂，隨郎轉側。

愛得更爲積極、火辣。將情感完全噴薄出來，不像南方女子仍要作一番曲折、隱藏。然北朝樂府並不以情愛爲主。其他像「鉊馬歌」「企喻歌」反映戰爭的殘酷，「雀勞利歌辭」「幽州馬客吟歌辭」是對社會貧困等問題的探索。比起「千轉萬轉，總是相思」的南朝樂府，確實豐富多了。

唐樂府：對時事的沈思

一洗南朝柔思綺語的風月情懷，唐代樂府繼承兩漢樂府「感事而發」的精神，注目時事，批判現實。對時代的傷痕，作理性的沈思，對社會的苦難，作深度的觀察。並以蓬勃、奔放的創作氣質，自由活潑之樂府體裁，塑造了初唐邊塞詩凌空蹈厲之風格，以及盛唐後社會詩沈鬱、諷諭的特色。此時，唐樂府已脫去舊曲的羈絆，失掉了樂府原有的音樂上的關係。

在初唐樂府，雖然仍沿襲樂府古題，然而在內容意境上却別開生面，大放異彩。詩人以昂揚不羈的活力，凝視邊塞征戰的雄偉壯濶與殘酷，展開恣縱的描寫與控訴。如岑參「走馬川行奉送出師西征」中異國情調的描繪：

輪臺九月風夜吼。
一川碎石大如斗。
隨風滿地石亂走。

可說極自然，極雄放生動。然戰爭終是悽慘無情的。「戰士軍前半死生，美人帳下猶歌舞」（高適「燕歌行」）白骨與紅顏的對照，最教人感慨生悲了。於是，詩人在哀吟沈思之餘，不覺發出理性的呼聲。如李白的「戰城南」：

士卒塗草莽，
將軍空爾為。
乃知兵者是凶器，
聖人不得已而用之。

此際，光榮的時代已經走遠了，緊接著安史亂起，乾坤震盪的黑暗來臨。在連連兵禍下，整個社會呈現一片敗壞混亂。詩人杜甫以清醒之眼，徘徊於盛唐光榮與沒落的邊緣，遂因事立意，自創新題，寫下一系列社會寫實的作品，成爲「新樂府」的先路。作品中，杜甫提出個人理性的沈思。如「前出塞」：

殺人亦有限，
別國自有疆。
苟能制侵陵，
豈在多殺傷。

完全是一片仁者的心懷。

另外在「兵車行」中，杜甫並對君王的好大喜功，生靈塗炭，加以沈痛的批判。像「邊庭流血成海水，武皇開邊意未已。」的諷諭，「君不見，青海頭，古來白骨無人收。新鬼煩冤舊鬼哭。」的刻劃，可說醒人心目。

緣著杜甫自創新題，即事名篇下來，白居易提倡「新樂府」，認爲「文章合爲時而著，詩歌合爲事而作」，强調詩人對時事的沈思，對社會不平矛盾現象的批判。如新樂府五十首中「新豐折臂翁」的戒邊功，「賣炭翁」的苦宮市，「杜陵叟」的傷農夫之困，「繚綾」的念女工之勞，「鹽商婦」的批評幸人等，詩人不止是消極的哀吟，而應更積極地站出來說話。同時代元稹的「古樂府題」以及後來晚唐皮日休的「正樂府」，均爲這一類的作品。

在此，我們可以看出兩漢樂府「緣事而發」的敍事寫實，和唐樂府「對時事的沈思」之社會寫實，有些不同。最大的差別是漢樂府的作者大都是無名氏，社會較低層的份子，而唐樂府的作者則爲有名有姓的高級知識份子。因此，對事件的關懷上，前者側重個人的哀樂，而後者則偏向廣大社會群衆的病痛。

三、樂府的語言

語言的音樂性

樂府是有韻律、有節奏的語言。利用語音的高低、長短、規則或不規則，參差變化，形成詩句的感染力，產生了簡單或繁複的音樂效果。由於樂府「入樂合曲」的音樂性現在已無法掌握，因此底下祇能就樂府本身語言的音樂性來談。何況樂府最早期的形式是以語言爲主的徒歌，即使後來配曲入樂，被諸管絃，仍保有著樂府語言的音樂性。底下分別就「句式」「諧音」「複疊」

「頂眞」「韻脚」來考察。

㊀句式：兩漢樂府大抵以五言和雜言（三言、四言、五言、七言等句式錯綜使用）爲主。南北朝樂府以五言四句精緻的小詩爲主。唐樂府則以七言爲主，並偶爾夾雜三言、五言。至於這種雜言句式的運用，無非爲了節奏和旋律的多樣變化，以造成音樂上錯落的情韻之美。如兩漢樂府中的「孤兒行」「病婦行」等，唐樂府如李白的「戰城南」，杜甫的「兵車行」等。

㊁諧音：諧音是民間語言的特色，利用聲音上的關係，以形成詩歌中新鮮、活潑、生動的特質。在吳歌西曲中，這種諧音的相關尤其被大量地運用，塑造出南朝樂府清新可喜、獨特一幟的趣味。吳歌西曲中諧音可以分爲「同音異字」和「同音同字」兩種。前者如「子夜歌」：

今夕已歡別，
合會在何時？
明燈照空局，
悠然未有棋。

以棋盤上的「棋」來諧會合時的日「期」，暗指彼此會合悠然未有期限，不知何日得以相見。後者亦如「子夜歌」中的：

始欲識郎時，
兩心望如一。
理絲入殘機，
何悟不成匹？

以布匹的「匹」和夫婦匹偶的「匹」相諧音，藉以怨恨爲何彼此不得匹配好合。

吳歌西曲中這種「同音異字」「同音同字」的相關到處都是，此處不煩多舉。

㊂複疊：相同或相似句子的重複疊用，可以說是民間歌謠旋律的基本格式。這種旋律的重複常使漫長的節奏得到統一、連貫，使生美感。如南朝樂府中的「黃鵠曲」，北朝樂府中的「隴頭歌辭」：

黃鵠曲（錄二首）

黃鵠參天飛，半道鬱徘徊。腹中車輪轉，君知思憶誰。
黃鵠參天飛，半道還哀鳴。三年失群侶，生離傷人情。

隴頭歌辭（錄二曲）

隴頭流水，流離山下，念吾一身，飄然曠野。
隴頭流水。鳴聲幽咽，遙望秦川，心肝斷絕。

前者以「黃鵠參天飛」「半道〇〇〇」，後者以「隴頭流水」的重複疊用，增强了節奏，讓整個旋律迴環不絕。

然而這種語言方式的運用，大都在簡短的樂府中才出現。如果在較長篇敍事中，則採用「頂眞」或「轉韻」的方式，讓聲情搖曳。

㈣頂眞：頂眞是在句與句間，利用些相同的字銜接起來，使得整首的旋律得以圓潤流轉，連續而相生。如兩漢樂府中的「平陵東」：

平陵東。松柏桐。不知何人劫義山。劫義公。在高堂下。交錢百萬兩走馬。兩走馬。亦誠難。顧見追吏心中惻。心中惻。血出漉。歸告我家賣黃犢。

其中的「劫義山」「兩走馬」「心中惻」擔任音節上銜接轉折的功能，讓通篇旋律顯得悠揚流利，自然變化。另外如「飲馬長城窟行」：

青青河畔草，緜緜思遠道。遠道不可思，宿昔夢見之。夢見在我傍，忽覺在他鄉。他鄉各異縣，展轉不相見。

則以「遠道」「夢見」「他鄉」作媒介，在音節中得以承上轉下，造成綿綿不絕的旋律之美。

㈤韻脚：韻脚是在每一句詩的最後一個字押上和諧的音韻，使得全詩節奏流暢，旋律柔和優美。大抵樂府中的短篇小詩一韻到底，連成一氣。而長篇敍事詩則靈活轉韻，讓詩的節奏頓挫，造成旋律上抑揚鏗鏘的美趣。如前面所引的「飲馬長城窟行」：「草」「道」爲去聲皓韻。「思」「之」爲平聲支韻。「傍」「鄉」爲平聲陽韻。「縣」「見」爲去聲霰韻。總共八句。正好一句一韻，兩句一轉韻；聯折而下，節奏緊迫逼人，呈顯詩中强烈的相思之情。

另外如岑參的「走馬川行奉送出師西征」，則句句用韻。從第一句的去聲霰韻（「見」），到二三句的平聲先韻（「邊」「天」），到了底下則三句一轉。依次爲上聲有韻（「吼」「斗」「走」），平聲微韻（「肥」「飛」微韻，古與支通，「師」是支韻），入聲曷韻（「脫」「撥」「割」），平聲蒸韻（「蒸」「冰」「凝」），入聲葉韻（「懾」「接」「捷」）。其中平聲、仄聲韻交錯，音韻跌宕錯落，極其變化，特顯邊塞出師昂揚驃悍之氣。

至於像曹操的「短歌行」在用韻上，更是四句一轉，全詩共分八章。分別爲平聲歌韻（「何」「多」），陽韻（「忘」「康」），侵韻（「心」「今」），庚韻（「苹」「笙」），入聲屑韻（「掇」「絕」），平聲元韻（「存」「恩」），微韻（「飛」「依」），侵韻（「深」「心」），配合詩中曹操哀傷、憂思、纏綿、鬱結之複雜心緒，而臻於聲情合一的藝術效果。

語彙的趣味性

樂府的語彙卽是日常生活的措辭，淺顯自然，明白如話，具有新鮮、活潑的生命。化入詩中，頂多再稍微潤色一下，依仍保持樸質、眞實的鮮活趣味。這種趣味，遠非扭曲、雕飾、古典雅正的文字所能比擬，如「陌上桑」中，描寫所有人見到羅敷時的用語：

行者見羅敷，下擔捋髭鬚。
少年見羅敷，脫帽著綃頭。
耕者忘其犂，鋤者忘其鋤。
來歸相怒怨，但坐觀羅敷。

語彙極爲通俗、自然，未加刻鑿。而將衆人被羅敷絕美所吸引魂不守舍的情貌，生動、具象的傳達出來。讓人產生如見當時狀況的趣味。但樂府這種語彙在文人的筆下，慢慢減去它口語化的趣味。像同樣描繪女子的絕美，曹植在「美女篇」中道：

顧盼遺光采，長嘯氣若蘭。
行徒用息駕，休者以忘餐。

已經增華美飾，漸離「陌上桑」中那種天然眞趣的意味。至於到晉朝陸機的「日出東南隅行」中：

鮮膚一何潤，秀色若可餐。
窈窕多容儀，婉媚巧笑言。

則雕續滿眼，更喪失樂府語彙的鮮活趣味。

另外從羅敷回答使君問話，道出自己的年紀「二十尚不足，十五頗有餘」中，我們可以看出數目語彙在樂府裡使用的趣味。當然在這裡，我們可猜出羅敷是十六歲、十七歲，或十八歲、十九歲。而類似這種，數目字在樂府中常用得很不明確，以表現游移不定的情趣。如：

兄弟兩三人，流宕在他縣。（豔歌行）
兄弟兩三人，中子為侍郎。（相逢行）
離天四五里，道逢赤松俱。（步行夏門行）

屬累君兩三孤子，莫我兒飢且寒。（病婦行）

共事二三年，始爾未為久。（孔雀東南飛）

年始十八九，便言多令才。（孔雀東南飛）

嚴霜八九月，送我出遠郊。（陶潛「輓歌」）

揚州蒲鍛環，百錢兩三叢。（襄陽樂）

也許，這種數目字含糊、不精確是因爲牽就聲音和諧關係而造成的。然這等表現方式確能給人到底是幾人、幾里、幾歲、幾里等搖擺探索的情趣。但相對的，有些則用明確的數目來訴說感懷、情意。如：

懊惱歌

江陵去揚州，三千三百里。已行一千三，所有二千在。

估客樂

郎作十里行，儂作九里送。拔儂頭上釵，與郎資路用。

前者從三千三減去一千三，猶有二千里的漫長路程，以表白飄泊的苦楚。後者却從十里路，送九里，對顯女子的依依柔情。

最後我們可以看出樂府語彙中的數目，另外有些是純粹爲了達到誇張的效果。像「羽林郎」中描繪胡姬頭上的裝飾：「兩鬟何窈窕，一世良所無。一鬟五百萬，兩鬟千萬餘。」，「陌上桑」中羅敷誇讚她丈夫是「坐中數千人，皆言夫壻殊。」，這等數目的誇張運用，使得樂府充滿著活潑的趣味。

四、結　論

感而遂通，天下之故

就兩漢樂府和南北朝樂府而言，樂府是民間的口誦文學，大抵爲無名氏的創作。而這種創作常由於歌謠的傳誦、吟唱、改變、潤色，每每帶有集體創作的特色。其中套語的使用（如「腸中車輪轉」詩句同在漢樂府「悲歌」「古歌行」出現，「挾瑟上高堂」詩句同在「董嬌嬈」「相逢行」出現）和吳歌西曲中諧音相關的大量使用，正是社會大衆集體創作的文學現象。

緣此，我們可以看出樂府中的喜、怒、哀、樂，即爲初民原質心態的展現，也是大衆共通的感受。在樂府詩裡，我們甚至可以發現和西方文學作品一些共通的訊息。譬如南朝吳歌中的「華山鬼」，其中一首道：

啼著曙。淚落枕將浮，身枕被流去。

這種極度傷心下誇張的感受，和西方聖經「詩篇」第六章第六節的描寫：

我因唉哼而困乏。我每夜流淚，把牀榻漂起，把褥子濕透。

可以說極爲相近。一個是「淚落枕將浮」，一個是「我每夜流淚，把牀榻漂起」，兩個情感所表現的強度實在完全相同。另外像「陌上桑」中，從人們對羅敷的反應中襯托出羅敷絕美的手法，在希臘羅馬神話「特洛愛城之戰」中，我們可以看到類似的敍述：

老王比賴咸和其他年老的人高踞特洛愛城牆上，一面坐著，一面觀戰。海倫，引起一切痛苦和死亡的人，來到他們面前。當他們望著海倫，他們仍不感到內疚：「男人必須為這樣的女人戰爭。」他們互相說道：「因為她的容貌像神的容貌呀！」

她停留在他們身旁。把戰場中這個和那個希臘英雄的名字告訴他們。直到他們奇怪戰爭什麼時候竟然停止了。

在這裡，則借著老王比賴咸和其他老年人被海倫所吸引，不但忘了要觀戰，甚至連戰爭何時停止下來都不知道的反應中，襯托出海倫的絕美。東西方這兩段描述對照起來，眞有異曲同工之妙。

樂府是文學中不竭的泉源

不管是兩漢的「緣於哀樂，感事而發」，抑或南朝的「別有幽情」，北朝「野性的呼聲」；在藝術的表現上，樂府永遠嶄露它慷慨淸音的風姿，天然純眞的韻味。我們只要稍稍和後來的唐詩宋詞比較一下，馬上可以看出它的特色。

例如同爲送別情境的描繪，在「丁督護歌」中只是簡簡單單地說道：「只有淚可出，無復情可吐。」(吳歌)，然到了柳永的「雨霖鈴」裡則是「執手相看淚眼，竟無語凝噎。」作曲折窈渺的刻劃。又如「讀曲歌」中寫相思憔悴的情狀：「欲知相憶時，但看裙帶緩幾許。」，可說平白如話，不假雕飾。然到了柳永的「鳳棲梧」裡則表現得更加細緻、纏綿：「衣帶漸寬終不悔，爲伊消得人憔悴。」自然，後來的詩歌也有無理而妙，天然本趣的，和樂府完全相同。像唐金昌緒的「閨怨」：

打起黃鶯兒，莫叫枝上啼。啼時驚妾夢，不得到遼西。

和南朝吳歌中的「讀曲歌」：

打殺長鳴雞，彈去烏臼鳥。願得連冥不復曙，一年都一曉。

雖然「打起」、「打殺」的對象不同，但兩者均是女子躭於情夢，性情之眞的可愛表現。而樂府這種樸質自然、別具神理的情趣，常不知不覺影響了後代的詩作，例如杜甫「秋興」八首第一首中的：「聽猿實下三聲淚」，可以說是從西曲中的「女兒子」：「巴東三峽猿鳴悲，夜鳴三聲淚沾衣」濃縮轉化而出，又如「杜鵑」詩中的描繪：

西川有杜鵑。東川無杜鵑。涪南無杜鵑，雲安有杜鵑。

正是源自漢樂府「江南曲」：

魚戲蓮葉東，魚戲蓮葉西，魚戲蓮葉南，魚戲蓮葉北。

這種以不同方位展現動作的格調。另外，像杜甫的「堂成」中：

舊犬喜我歸，低徊入衣裙。
鄰里喜我歸，沽酒携胡盧。
大官喜我來，遣騎問所須。
城郭喜我來，賓客隘村墟。

杜甫經過一番流亡，回到家中熱鬧情景的描述，可以說是自北朝樂府「木蘭詩」裡：

爺孃聞女來，出郭相扶將。
阿姊聞妹來，當戶理紅妝。
小弟聞姊來，磨刀霍霍向豬羊。

蛻變出來。

此外，像李商隱無題詩中「小姑居處本無郎」的詩句，則自南朝樂府「青溪小姑」裡「小姑所居，獨處無郎。」的句子脫胎而出。

職是，我們知道樂府是中國文學中的瓌寶，不竭的泉源；以奔放的想像，新鮮的活力表現出衆人心靈的眞實感動。並影響後來文士的創作，開出文學國度中詩詞燦爛的風景，源遠流長；以不同的形式一直展現出來，以至於今。

《鵝湖月刊》七卷九期

詩中否定詞的用法

一、前言

否定詞（negative word）歷來將它歸入「虛字」。以之入詩，點染成句，多臻一氣流轉、跌宕變化之妙。詩中否定詞，常見者計有「不」「無」「非」「莫」「未」「勿」「毋」「弗」❶。詩人握管操翰，以之行氣，或情思款款，藏鋒不露；或意氣壯懷，激昂慷慨；或用筆深入，一波三折。凡此，則端視詩人存乎一心，運用之妙耳。其中否定詞之用法可分三類。依句中否定詞出現之次數，分別爲「單一否定」「雙重否定」及「多重否定」。如「幽人應未眠」（韋應物「秋夜寄丘員外」）、「鸚鵡前頭不敢言」（朱慶餘「宮中詞」，卽單一否定也；「不信東風喚不

❶ 參呂淑湘《中國文法要略》第十四章：「正反、虛實」。譚全基《古代漢語基礎》語法部分第三章：「虛詞用法」。王力《中國語法理論》上冊第三章語法成分第十八節否定作用。

回」（王令「春怨」）、「春城無處不飛花」（韓翃「寒食」），即雙重否定也。「不是無家歸不得」（張喬「遊邊感懷」）則多重否定是也。因是，以下自此三端試論否定詞之用法。

二、單一否定

詩中單一否定（single negative）之運用極爲廣泛。詩人言情寫景，勾勒心曲，無不借之以製造波瀾，拓深意境。其中否定詞，以「不」「莫」「未」「無」最爲常見。又自句中結構觀之，「不」「莫」「未」多當副詞，用以修飾底下之動詞或形容詞；「無」則底下多接名詞，構成表態句或有無句的關係。茲各舉三例以證之。如「春眠不覺曉，處處聞啼鳥。」（孟浩然「春曉」）、「但使龍城飛將在，不敎胡馬度陰山。」（王昌齡「出塞」）、「兒童相見不相識，笑問客從何處來。」（賀知章「回鄉偶書」），「不」分別修飾底下之「覺」「敎」「識」；又如「打起黃鶯兒，莫敎枝上啼。」（金昌緒「閨怨」）、「春心莫共花爭發，一寸相思一寸灰」（李商隱「無題」）、「願敎青帝常爲主，莫遣紛紛點翠苔。」，「莫」分別修飾底下之動詞「敎」「共」「遣」；另如「紅顏未老恩先斷，斜倚熏籠坐到明。」（白居易「宮詞」）、「八尺龍鬚方錦褥，已涼天氣未寒時。」（韓偓「已涼」）、「君問歸期未有期，巴山夜雨漲秋池。」（李商隱「夜雨寄北」），則「未」分別修飾底下之形容詞「老」「寒」及動詞「有」。至如「春潮帶雨晚來急，野渡無人舟自橫。」（韋應物「滁州西澗」）、「馬上相逢無紙筆，憑君傳語報平安。」（岑參「逢入京使」）、「無情最是臺城柳，依舊煙籠十里堤。」（韋莊「金陵圖」），「無」字分別與名詞「人」「紙筆」「情」相連，構成表態句或有無句；凡此，皆單一否定造句之概況也。

至於單一否定用於絕句，最宜語意不盡，寄與無窮。尤其於起承轉合之際，最能翻出一意，娓娓收束；或新生一境，戛然合筆。因此，歷來七絕名篇於三四兩句中莫不以單一否定開闔變化，搖曳而生姿。今以「不知」為例，可分兩類，加以探究。一為用於三句轉折，跌宕委婉；一為用於四句收尾，餘韻不絕。以下分別論之。

㈠、用於轉折

七絕用意，以第三句為主❸，歷來名家無不於此用力。其中以「不知」為轉折之詩例不勝枚舉。如牡牧「泊秦淮」：「煙籠寒水月籠紗，夜泊秦淮近酒家。商女不知亡國恨，隔江猶唱後庭花。」、高適「詠史」：「尚有綈袍贈，應憐范叔寒。不知天下士，猶作布衣看。」、岑參「山房春事」：「梁園日暮亂飛鴉，極目蕭條三兩家。庭樹不知人去盡，春來還發舊時花。」、呂本中

❷ 請參許世瑛《中國文法講話》：第八章：「表態簡句、判斷簡句、有無簡句」。
❸ 楊載《詩法家數》云：「至如宛轉變化工夫，全在第三句。」；施補華《峴傭說詩》亦云：「七絕用意，宜在第三句。」。並參張夢機《近體詩發凡》第七章：「論絕句謀篇」。

「連卅陽山歸路」：「稍離煙瘴近湘潭，疾病衰頹已不堪。兒女不知來避地，強言風物勝江南。」，以上四首分別自「商女」「須賈」❹「庭樹」「兒女」之「不知」上立意，轉出一層層之悲涼。茫茫人海中，滿樓紅袖只知歌舞；須賈昧於所見，不能知人；庭樹依舊新綠，不識人世滄桑；兒女純眞，怎知生命之艱辛；凡此，在在呈現詩人對外在人物之哀憫之情。又如李白「秋浦歌」：「白髮三千丈，離愁似箇長。不知明鏡裏，何處得秋霜。」、岑參「磧中作」：「走馬西來欲到天，辭家見月兩回圓。今夜不知何處宿，平沙萬里絕人煙。」、李益「夜上受降城聞笛」：「回樂峯前沙似雪，受降城外月如霜。不知何處吹蘆管，一夜征人盡望鄉。」、戎昱「旅次寄湖南張郎中」：「寒江近戶漫水流，竹影當窗亂月明。歸夢不知湖水濶，夜來還到洛陽城。」，以上四首皆自作者本身之「不知」上立意，力寫個人聞見之知之有限，及對個人生命之無奈悲感。李白慨嘆白髮之長、愁緒之多；岑參深感離鄉之愁，飄泊之苦；李益自樂音中湧現鄉愁，戎昱自歸夢中返回家園；「不知」二字在在透露詩人對自我情境之困惑傷悲。綜此觀之，單一否定用於絕句轉折中，每每將思維轉向更寬濶之視野，將情感轉入更深刻之領域。

❹ 高適此詩中用范睢和須賈之典故。事載《史記》卷七九「范睢蔡澤列傳」。

㈡、用於收尾

絕句中收尾，多承第三句轉折而來；或表現詩人之會心，或將情思推向悠悠不盡之時空中。以「不知」爲單一否定而用於結尾者，亦不乏其例。如李白「客中行」：「蘭陵美酒鬱金香，玉碗盛來琥珀光。但使主人能醉客，不知何處是他鄉。」、李白「與賈舍人汎洞庭」：「洞庭西望楚江分，水盡天南不見雲；日落長沙秋色遠，不知何處弔湘君。」、賈島「尋隱者不遇」：「松下問童子，言師採藥去。只在此山中，雲深不知處。」、王建「十五夜望月」：「中庭地白樹棲鴉，冷露無聲濕桂花。今夜月明人盡望，不知秋思在誰家。」，以上四首均自空間上之「不知」收筆。如是他鄉異客之飄泊不定，傳說中湘神之迷恍難尋，山中隱者之飄忽如雲，望月懷遠者之散布天涯，皆緣由「不知」之牽引，將情意導入偌大之空間，產生無限可能之韻味。又如太上隱「答人」：「偶來松樹下，高枕石頭眠；山中無曆日，寒盡不知年。」、葉李「暮春卽事」：「雙雙瓦雀行書案，點點楊花入硯池。閒坐小窗讀周易，不知春去幾多時。」，二首均自時間上之「不知」結尾，特別寫出不覺時光流逝，安閒自適之神態。此刻，時間已不再是生命之束縛，個人生命與綿綿不絕之時間於此泯然會合。另如李商隱「夕陽樓」：「花明柳暗繞天愁，上盡重樓更上樓。欲問孤鴻向何處，不知身世自悠悠。」、李白「怨情」：「美人捲珠簾，深坐顰蛾眉。但見淚痕溼，不知心恨誰。」、陳與義「襄邑道中」：「飛花兩岸照船紅，百里榆堤半日風。臥看滿天雲不動，不知雲與

雙重否定中，否定相連一向用以表示肯定，有「皆」「均」「全」之意。其中以「莫不」「莫非」「無不」「非無」「非不」較常見。今各舉詩例以證之。如「琴瑟在御，莫不靜好」(《詩經・鄭風》「女曰雞鳴」)、「民莫不逸，我獨不敢休。」(《詩經・小雅》「十月之交」)，卽以「莫不」爲雙重否定；「溥天之下，莫非王土，率土之濱，莫非王臣。」(《詩經・小雅》「北山」)，以「莫非」爲雙重否定；「靡人不周，無不能止。」(《詩經・小雅》「雲漢」)、「戎厥元功成，歷代無不遵。」(曹植「驅車篇」)，以「無不」爲雙重否定；「丈夫非無淚，不灑離別間。」(陸龜蒙「別離」)、「盛明非不遇，弱操自云私。」(張九齡「使還都湘東作」)，則分別以「非無」「非不」爲雙重否定。唯似此雙重否定詞多見於四言、五言詩中，罕見於七言詩中。

(二) 不同否定詞之相隔

雙重否定中，不同否定詞相隔出現，仍用以表示肯定。如「春城無處不飛花，寒食東風御柳斜。」(韓翃「寒食」)、「閒來無事不從容，睡覺東窗日已紅。」(程灝「秋日偶成」)、「衣上征塵雜酒塵，遠遊無處不消魂。」(陸游「劍門道中遇微雨」)、「水滿有時觀下鷺，草深無處不鳴蛙。」(陸游「幽居初夏」)，以上四首均分別以「無……不」雙重否定，寫出春城飛花之貌、萬事從容之意、遠遊消魂之趣、草深蛙鳴之景。又如「花開堪折直須折，莫待無花空折枝。」(杜秋娘「金縷衣」)、「我欲四時携酒去，莫敎一日不花開。」(歐陽修「謝判官幽谷種花」)，分別以「莫……無」「莫……不」直寫有花堪折、持酒賞花之意。另如「還君明珠雙淚垂，恨不相逢未嫁時。」（張籍「節婦吟」）、「不是眼前無外物，不關心事不經心。」（元稹「贈樂天」），分別以「不……未」「不……無」說出恨相逢已嫁之憾、眼前有外物之累。至若鮑照「擬行路難」中云：「心非木石豈無感，吞聲躑躅不敢言。」，韋應物「舊遊西齋寄崔主簿」中道：「憂來結幾重，非君不可釋。」，其中「非……無」「非……不」亦是雙重否定，詩人每借之以翻疊變化，增強氣勢。至於似此不同否定詞之相隔運用，四言詩中亦不乏其例。如「無草不死，無木不萎。」（《詩經・小雅》「谷風」）、「厭厭夜飲，不醉無歸。」（《詩經・小雅》「湛露」）、「莫敢不諾，魯侯是若。」（《詩經・魯頌》「閟宮」），由是觀之，此等雙重否定之運用，可謂由來已久。

㈢ 相同否定詞之重出

相同否定詞之重出，係雙重否定中最為特出者。自音節而言，相同字音之重複出現使得句子更為流利靈活；自語義而言，基於句法不同所致，重出之否定可用來增強語勢，表示肯定，或純粹加強否定。大抵表示肯定之否定重出句型，可再分為兩個子句，彼此具有假設、條件之關係；至於強調否定之句型，其中兩個子句具有平行、並列之關係；以下試自「表示肯定」「強調否定」作用之不同，分別論之。

甲　表示肯定

表示肯定之否定重出句型，可分爲簡句及繁句兩類。如「謂天不高，不敢不局，謂地蓋厚，不敢不蹐。」（《詩經・小雅》「十月」）、「哀哉王孫愼勿疏，五陵佳氣無時無。」（杜甫「哀王孫」），均是簡句。前者「不敢不局」、「不敢不蹐」爲敍事簡句，後者「五陵佳氣無時無」爲表態簡句。至於繁句，如「子規夜半猶啼血，不信東風喚不回。」（王令「春怨」）、「試看天塹投鞭渡，不信中原不姓朱。」（鄭成功「出師討滿夷自瓜州至金陵」），其中「不信東風喚不回」「不信中原不姓朱」均爲敍事繁句。「不」字重出，使得全詩至此音調鏗鏘，高響入雲。又如「黃金百戰穿金甲，不破樓蘭終不還。」（王昌齡「從軍行」）、「臣心一片磁針石，不指南方不肯休。」（文天祥「渡揚子江」）、「如今縱有驊騮在，不得長鞭不肯休。」（羅隱「八駿圖」）、「匣中寶劍時時吼，不遇同人誓不傳。」（呂巖「絕句」）、「爲人性僻耽佳句，語不驚人死不休。」（杜甫「江上值水如海勢聊短述」），其中「不破樓蘭終不還」「不指南方不肯休」「不得長鞭不肯休」「不遇同人誓不傳」「語不驚人死不休」均是上四下三之句型。上下間具有假設關係。以「不破樓蘭終不還」爲例，亦卽「如不破樓蘭，終將不還」之濃縮也。另如張謂「題長安主人壁」云：「世人結交需黃金。黃金不多交不深。」，「今來海上昇高望，不到蓬萊不是仙。」（杜牧「偶題」），其中「黃金不多交不深」「不到蓬萊不是仙」亦爲上四下三句型，上下間則爲條件關係，以「黃金不多交不深」爲例，亦卽「黃金要多，始能交深」之意。由此可見重出否定之造句在增加詩人所堅持、所肯定之信念。

乙　強調否定

用來加強否定語氣之否定重出句型，其中子句多呈平行，並列結構。以「無」字爲例，如「無怨無惡，率由羣匹。」（《詩經・大雅》「假樂」）、「無花無酒過清明，興味蕭然似野僧。」（王禹偁「清明」），其中「無怨無惡」「無花無酒」均爲「述語加賓語」（或稱「動詞加受詞」）之並列結構，至如「煮海之民何所營，婦無蠶織夫無耕。」（柳永「煮海歌」）、「喉乾無聲哭無淚，引杖去此他何如。」（王令「餓者行」），其中「婦無蠶織夫無耕」「喉乾無聲哭無淚」均爲上四下三之句型。前者「婦無蠶織夫無耕」，係爲「婦無蠶織」（敍事句或當作表態句）、「夫無耕」（同上）之並列關係，後者「喉乾無聲哭無淚」亦然。又以「不」字爲例，如「不忮不求，何用不臧。」（《詩經・邶風》「雄雉」）、「縱浪大化中，不喜亦不懼。」（陶潛「形影神」三首之一），其中「不忮不求」「不喜亦不懼」均爲「副詞加述語」之並列結構。至如「仙鶴如雲一個身，不憂家國不憂貧。」（杜光庭「偶題」）、「不寫情詞不寫詩，一方素帕寄心知。」（明朝無名氏「山歌」），其中「不憂家國不憂貧」「不寫情詞不寫詩」均爲「副詞加述語加賓語」之並列結構，另如「力拔山兮氣蓋世，時不利兮騅不逝。」（項羽「垓下歌」）、「城闕不存人不見，茂陵荒草恨無窮。」（蜀宮羣仙「上元夫人」），其中「時不利兮騅不逝」「城闕不存人不見」亦分別爲「主語加謂語」之並列結構。若以「非」字爲例，謝道蘊「登高」云：「非工復非匠，雲構發自然。」，馬湘「題龍興觀壁」云：「何用燒丹學駐顏，鬧非城市靜非山。」，其中「非工復非匠」「鬧非城市靜非山」亦爲並列結構，前者係「副詞加形容詞」之平行，後者係「主語加謂語」倒裝句法之平行。至若以「未」字爲例，羅隱「贈妓雲英」云：「我未成名君未嫁，可能俱是不如人。」，其中「我未成名君未嫁」則爲「我未成名」（主語加述語）、「君未嫁」（主語加謂語。或可看作主語加述語，句中省略賓語）之並列關係。綜上「無」「不」「非」「未」之否定重出言之，歷來詩人無不借此同音字之重出，否定詞之重複使用，用以表白作者强烈之心緒。

由上「否定相連」「不同否定詞之相隔」「相同否定詞之重出」觀之，雙重否定大抵用來表示肯定（當然雙重否定所表示之肯定意味較只使用一個肯定詞還來的强）。至於雙重否定中用以加强否定意味者只占「相同否定詞重出」一項中之一部分而已。

四、多重否定

多重否定，係句中出現兩個否定詞以上，如「不是無家歸不得，有家歸去似無家」（張喬「遊邊感懷」），其中「不是無家歸不得」即出現「不」「無」「不」三個否定，用以强調無奈之心緒。然句中使用多重否定者，向來不太多。如四言、五言詩中，即未見使用多重否定者。蓋四言句中用上三個否定，五言詩中用上三或四個否定，詩句將萎靡不振，無法卒讀矣。因此詩中若出現多重否定，實則係爲句中「單一否定」及「雙重否定」之交互使用。以下試自「三重否定」「四重否定」兩端略加言之。

自三重否定而言，大抵爲句中「單一否定」之接連使用，或係聯句中「雙重否定」與「單一否定」之相互使用。前者如「自君別我後，人事不可量。果不如先願，又非君所詳。」（古詩爲焦仲卿妻作）、「毛褐不掩形，薇藿常不充。去去莫復道，沈憂令人老。」（曹植「雜詩」）、「不惜人去遠，但恨莫與同。孤情非情歎，賞廢理誰道。」（謝靈運「於南山往北山經湖中瞻眺」），分別以「不、不、非」「不、不、莫、」「不、莫、非」三重否定，表達曲折之心事；後者如「不僭不臧，鮮不爲則。」（《詩經・大雅》「抑」）、「民莫不逸，我獨不敢休。」（《詩經・小雅》「十月之交」）、「我未成名君未嫁，可能俱是不如人。」（羅隱「贈妓雲英」）、「還君一鉢無情淚，恨不相逢未鬀時。」（蘇曼殊「本事詩」），分別以「不、不、不」、「莫、不、不」、「未、未、不」、「無、不、不」用以折疊翻騰，强調否定。

至若詩中之四重否定，以「雙重否定」之交互使用爲多。如《詩經・魯頌》「閟宮」：「不虧不崩，不震不騰。」、商頌「長發」：「不競不絿，不剛不柔。」，係爲「不、不」雙重否定之重複使用，以增强否定意味。另如大雅「抑」：「無言不讎，無德不報。」、小雅「谷風」：「無草不死，無木不萎。」，係爲「無、不」雙重否定之一再使用，用以增强語氣。又如大雅「生民」：「不拆不副，無菑無害。」係爲「不、不」「無、無」雙重否定之並列使用。至若元稹「贈樂天」詩：「不是眼前無外物，不關心事不經心。」，則爲「不、無」「不、不」之運用，二句均是用雙重否定以表示肯定，上句是「眼前仍有外物」，下句是「唯關心事始經心」，就此觀之，此聯係用以增强所肯定之事物。凡此，則爲多重否定運用之概況也。

五、結　語

綜上可知，詩中否定詞之運用極爲靈活，或單一否定，或雙重否定，或交互使用，可說各具情貌，別有會心巧思。唯彼此用法略有不同。

就單一否定與雙重否定相較，前者宜於遮撥物象，引人沉思；猶如平靜水塘，中投一石，生出無數細微之漣漪；而後者長於層出翻疊，醒人耳目；若嶙峋巨岩，怒聳海中，激起雪般浪花。因是，就音節而言，單一否定造句，較易悠婉，如張若虛「春江花月夜」云：「不知江月待何人，但見長江送流水。」「不知乘月幾人歸，落月搖情滿江樹。」，所謂「不知」委實引人神思。至如雙重否定造句，較爲遒勁，如元稹「贈樂天仇家」云：「飲罷醒餘更惆悵，不如閒事不經心。」、陸游「一壺歌」云：「看盡人間興廢事，不曾富貴不曾窮。」，所謂「不如閒事不經心」中，唸至第二個「不」時，自然語氣增强；所謂「不曾富貴不曾窮」中，唸至第二個「不曾」時，不覺語意遒勁。此兩者之差別也。是故絕句中，單一否定用於結尾時則掩抑含蓄，雙重否定用於結尾則每每高響入雲。如王昌齡「出塞」云：「秦時明月漢時關，萬里長征人未還。但使龍城飛將在，不教胡馬度陰山。」，末尾「不敎胡馬度陰山」寫出邊亂未息，深慨國無良將之意。至如其「從軍行」：「青海長雲暗雪山，孤城遙望玉門關。黃金百戰穿金甲，不破樓蘭終不還。」，末尾「不破樓蘭終不還」力寫將士效命疆場，誓死報國之決心，可說音節鏗鏘，意氣昂揚。由此，可見兩者用法之不同也。

至於雙重否定用以表示肯定上，也由於否定詞運用形式之不同，略有差異。以「否定相連」「不同否定相隔」「相同否定重出」三者相較。大抵第二者較第一者語氣强些，第三者又較第二者語氣來得强。今試證如下，以「無不」爲例，曹植「驅車篇」云：「歷代無不遵」、韓翃「寒食」詩云：「春城無處不飛花」，二者皆以「無」「不」表示肯定。唯前者「無不」相連，中間未有隔開，讀起來未有頓挫之感；後者「無……不」相隔，中間隔有「處」字，遂使整句音節頓挫有力。設使韓翃此句將「無不」二字相連，改爲「春城無不是飛花」，與原來「春城無處不飛花」相較，非但語氣歇弱，句法亦缺乏變化矣。至於第二者、第三者之相較，底下試以「莫……不」「不……不」爲例，歐陽修云：「我欲四時携花去，莫敎一日不花開」（謝判官幽谷種花）、羅隱云：「如今縱有驊騮在，不得長鞭不肯休」（八駿圖），其中「莫敎一日不花開」「不得長鞭不肯休」二句可說句法類似，中間均隔開三字；唯前者以不同否定詞增强語氣，後者借否定詞重出表現更爲堅決。今將歐陽修句改爲「不……不」重出：「不敎一日不花開」，則較原來「莫敎一日不花開」語氣爲强，唯原作中風雅之意盡失矣。又將羅隱句改爲「莫……不」相隔：「莫得長鞭不肯休」，則較原來「不得長鞭不肯休」語氣略弱，且盡失原作中之堅決神貌。由此可見「相同否定重出」之語氣誠較「不同否定相隔」爲强，唯詩中情感之强度端賴能否適切表現爲主，原不以語氣强弱分優劣也。

至若用以加强語氣者，包括「單一否定」句之重複使用、「雙重否定」句之重複使用，以及「相同否定詞重出」句中成平行、並列結構者。「單一否定」句之重複使用（亦即「偶句」，或「聯句」），係分別以單一否定敍述不同之事件並列而成。如「恐非平生魂，路遠不可測」（杜甫「夢李白」之一）、「但去莫復問，白雲無盡時」（王維「送別」）、「寄書常不達，況乃未休兵」（杜甫「月夜憶舍弟」），均以雙撥之方式，强調無法確定之情境。又如「年年不帶看花眼，不是愁中即病中」（楊萬里「曉登萬花川谷看海棠」）、「應是子規啼不到，故鄉雖好不思歸」（周在「閨怨」），兩首均分以「不」敍述事件，構成並列關係之複句，並寫出極端無奈、消極之心緒；另如「無邊落木蕭蕭下，不盡長江滾滾來」（杜甫「登高」）、「無風楊柳漫天絮，不雨棠梨滿地花」兩首中均分別以「無」「不」對句之方式，寫無風無雨之景。此爲「單一否定」句重複使用，用以强調之情形。至若「雙重否定」句重複使用，造成四重否定者，以《詩經》最多，如「不震不動，不戁不竦」（商頌「長發」）等，另如「莫敢不來享，莫敢不來王」（商頌「殷武」），則强調「莫敢不來」之事實。至於「相同否定詞重出」用以加强否定者，多成平行、並列結構，如「世界無窮願無盡，海天寥廓立多時」（梁啓超「自勵」），其中「世界無窮願無盡」正强調出作者無窮盡之心願。凡此，則爲詩中否定詞用以强調語氣之大略也。

綜上觀之，可見詩中否定詞運用之種種情形。唯否定詞終屬虛字，虛字用以行氣，終不可草率，故李東陽《懷麓堂詩話》云：「詩用實字易，用虛字難，盛唐善用虛，其開合呼喚，悠揚委曲，皆在於此。用之不善，則柔弱緩散，不復可振，亦當深戒。」，可謂一語見的。唯運用之妙，存乎一心，如李商隱「無題」詩云：「重幃深下莫愁堂，臥後清宵細細長。神女生涯原是夢，小姑獨處本無郞。風波不信菱枝弱，月露誰敎桂葉香。直道相思了無益，未妨惆悵是清狂。」，詩中則借否定詞以爲曲達心事。首句「莫愁」引出相反之情境，四句「無郞」典用古樂府，指出孤寂心緒，五句「不信菱枝弱」翻出一層自我肯定之情懷，七句轉入「相思無益」之喟嘆，八句「未妨惆悵」正是一股擺脫不去之落寞，就整首詩之轉折、推宕、翻疊、强調而言，全篇可謂善於以否定詞入詩者。而否定詞之有助於詩中情思之神態，亦可由此見之。亦莫怪後來言詩者多於此掌握全詩之精神。■

《中華文化復興月刊》十九卷三期

到底多情是芳草

——談古典詩中的「草」

一

草，是大地錦繡，人類活動空間的背景❶。在山間水湄，在庭前野外，甚至在廢墟墳上，都有它青青的蹤影，默默地繁衍生長。於是，舉目常見的綠草，自先民以來，便成爲歷代騷人墨客吟詠的對象。或客觀刻劃的形貌性質，以爲感物吟志；或以它爲媒介，藉以抒懷託旨。因是，下文擬由此二端，檢視古典詩中草的特性及主題。

❶《易經》坤卦文言曰：「天地變化，草木蕃。」是知自宇宙洪荒以來，草便在大地占有一席之地。

二

古典詩中以草入詩，常自草的顏色、形狀方面及生長、柔韌等意義上，加以比況設喻。就顏色而言，草與「青袍」「羅裙」色澤相似，詩人詠唱，每自此著眼。如古詩云：「青袍似春草，長條從風舒。」（穆穆清風至），何遜云：「春草似青袍，秋月如團扇。」（與蘇九德別），韓翃云：「愛君青袍色，芳草能相似。」（贈別崔司直赴江東兼簡常州獨孤使君）等，均是以青袍比喻渲染。至於以羅裙爲喻，江總妻云：「雨過草芊芊，連雲鎖南陌。門前君試看，是妾羅裙色。」（賦庭草），可謂單純詠物。若劉長卿云：「君王不可見，芳草舊宮春。猶帶羅裙色，青青向楚人。」則睹物思人，感慨深矣。後杜甫云：「野花留寶靨，蔓草見羅裙。」（琴臺），亦是從這層關係上興懷❷。

就形狀而言，草和「髮」相似。故詩人感慨，多自此取譬。如孟郊云：「秋草瘦如髮，貞芳綴疏金。」（秋懷），曹鄴云：「遠夢如流水，白髮如草新。」（四怨三愁五情詩十二首），朱一蜚云：「一歲蟬鳴一回老，頭邊白髮如秋草。」（六月初三日聞蟬）均是。至於李賀，逕以

❷ 五代詞中牛希濟的「生查子」：「記得綠羅裙，處處憐芳草。」當自此衍申而出。

「草髮」稱之。其「昌谷詩」云：「草髮垂恨鬢，光露泣幽淚。」可謂造語精警。又草和「人」遠望相似，故早自《晉書》苻堅載記，卽有「草木皆類人形」之語。故唐代張嘉貞云：「山川看是陣，草木想爲兵。」（奉和聖製送張說巡邊）係自整片草木與人羣相比。至如陸游，則以草比個人。其詩云：「殘軀自笑如春草，又喜天邊牛柄回。」（開東關路北至山脚因治路旁隙地鋤植花草），春草寫個人奕奕精神。後清人劉開云：「妾身似秋草，搖落不勝霜。」（江東少年行）則以秋草寄悲情哀感。就微小而言，草僅盈寸，「寸草」一詞遂爲微不足道者之代稱。如孟郊云：「誰言寸草心，報得三春暉？」（遊子吟），牟融云：「劬勞常想三春恨，思養其如寸草何？」（邵公母），均以寸草比喻人子微不足道的孝思。而後詩人多承此旨，以寫追念之情。如林景熙云：「終憐寸草心，何以報春暉？」（故衣），蘇舜欽云：「君親恩大須營報，學取三春寸草微。」（送子履），陳宏範云：「誰將人子心，得比庭前草？」（題暉草齋），唯造語平常，未能創新。

就生長而言，草抽心生長，正似心中離愁別恨之生長。故詩人緣此設思。如李康成云：「思君如百草，撩亂逐春生。」（自君之出矣），宗臣云：「相思若春草，無路不萋萋。」（江南曲），以春草喻相思，正是具體比抽象。又秦韜玉云：「又覺春愁似草生，何人種在情田裏？」（獨坐吟），陸游云：「只知閒味如茶永，不放覊愁似草長。」（黃州），亦以草長比愁多。至如杜牧云：「恨如春草多，事與孤鴻去。」（題安州浮雲寺樓寄湖州張郎中）則以春草寫離恨之多了❸。

就柔韌而言，草性纖柔，隨風披靡。故先秦孔孟，即以草喻「百姓」。《論語》云：「君子之德，風；小人之德，草；草上之風，必偃。」（顏淵篇），《孟子》云：「視天下悅而歸己猶草芥也，惟舜爲然。」（滕文公上），均謂百姓如草，受在上位者的影響，風吹草動，隨之偃仰。然百姓無知，易於盲從；是故漢趙壹「疾邪詩」云：「順風激靡草，富貴者稱賢。」以草比喻悠謬之口的衆人❹。然進一步觀察，草性纖柔堅韌，雖疾風不摧，屹立不倒。故《後漢書・王霸傳》中，漢光武有「疾風知勁草」之喻，以勁草比忠臣義士。而後唐太宗援此句以入詩，其「賜蕭瑀」云：「疾風知勁草，板蕩識誠臣。」可謂語勢遒健。又周霆震云：「歲寒餘勁草，灑血贛江濱。」（感遇），亦自此取旨。

三

在詩人眼裏，萋萋芳草春榮冬枯，正傳達出自然生命的律則；繼而時序推移，纖草新綠，乍顯天地間不息之生機。又平居觀賞時，它是閒適平淡的映襯；作爲離別時的場景，它點醒分手時

---

❸ 李煜「清平樂」詞云：「離恨恰如春草，更行更遠還生。」亦自此比喻設思。

❹ 草可比喻小人。《宋史・滕元發傳》中亦以蔓草綢繆相附爲小人之黨。

的記憶及重逢的企盼；作爲人類歷史的舞臺，它是沉默的旁觀者，亙古時間的縮影。至於作爲詩人省思的媒介，它啓示了種種生命情調。凡此，均是古典詩中所呈現的青草主題，以下依次言之。

就生命的律則而言，有生必有死。故《老子》云：「草木之生也柔脆，其死也枯槁。」（七六章）指出大自然生命演變的事實。而先民歌詠，亦自此寄慨。如《詩經》：「習習谷風，維山崔嵬。無草不死，無木不萎。」（小雅「谷風」），「無草不死」四字正道出千載以來不變的律則。又《詩經》：「何草不黃？何日不行？」（大雅「何草不黃」），「何草不黃」四字亦即言草必枯黃。唯詩人於此僅作客觀陳述。降及《楚辭》，離騷云：「惟草木之零落兮，恐美人之遲暮。」屈原則借草木之枯落以寫己憂；九辯云：「悲哉秋之爲氣也，草木搖落而變衰。」宋玉亦借衰草落木以寓悲感，此則詩人主觀意識之投入也。逮及六朝，阮籍云：「清露爲凝霜，華草成蒿萊。」（詠懷詩），鮑照云：「君不見河邊草，多時枯死春滿道。」「君不見春鳥初至時，百草含青俱作花，寒風蕭索一旦至，竟得幾時保光華。」（擬行路難），均自時節更易、百草枯死上抒懷。而後，韓愈云：「窮多百草死，幽桂乃芬芳。」（重雲李觀疾贈之），蘇軾云：「癡人畏老死，腐朽同草木。」（歐季默以油煙墨二丸見餉各長寸許戲作小詩），均自凡草必死上立意，蓋此已爲後代共識之觀念矣。

就不息的生機而言，先民生活其中，並不特別點明。如《詩經》云：「春日遲遲，卉木萋萋。」

（小雅「出車」）僅言春來草長，未加析理。及至謝靈運，其「登池上樓」云：「初景革緒風，新陽改故陰。池塘生春草，園柳變鳴禽。」「池塘生春草」一句，直寫春日青草欣欣向榮之景，可謂清新天然，如在目前。後世詩論推崇備至❺，謝靈運自謂「此語有神助」。至若陶潛，其「桃花源詩並記」云：「草榮識節和，木衰知風厲。」「草榮識節和」一句指出青青綠草所蘊含的自然生機，正可和謝氏「池塘生春草」比較參看。唐代以來，詩人觸物圓覽，頗多領略。孟郊「春雨後」云：「昨夜一霎雨，天意蘇羣物。何物最先知？虛庭草爭出。」庭草抽長現綠，最先透顯天意。曹鄴「庭草」云：「庭草根自淺，造化無遺功。低徊一寸心，不敢怨春風。」天理運行，不遺小草，迎風款搖，又何怨之有？及至宋朝，理學家每借「草」以說活活潑潑之生意。周濂溪窗前草不除，人或問之，逕答曰：「自家生意一般」。姚江學案中，王陽明亦直謂「天地生意，花草一般。」均自草間見大化流行。而詩人興感，搖之筆端。蘇軾云：「芳草自有時，鶗鴂何關汝？」（雷州雜詩），戴復古云：「江山從古在，花草逐時生。」莫不體物抒懷，拈出「時」字，見天地不息的生機。若梅堯臣，則別具會心，自「寒草」立意。其「寒草」云：「寒草纔變

❺如皎然《詩式》云：「『池塘生春草』，情在言外。」，葉夢得《石林詩話》云：「此語之工，在無所用意，猝然與景相遇，備以成章，不假繩削。」，沈德潛《古詩源》云：「池塘生春草，偶然佳句，何必探求？」又可參林文月「『悠然見南山』與『池塘生春草』—兼談古典文學欣賞的一種態度」，《中外文學》第六卷第九期。

枯，陳根已含綠。始知天地仁，誰道風霜酷。」自草根含綠窺出天地生意，可謂獨具慧眼。明清以降，詩人搦筆操翰，亦不乏此類領悟，如明華善述「庭草作花有感」：「無名且無種，生意可常保。」，清秦榮光「東庭作」：「眼前生意滿，綠草碧苔滋」等。

就閒淡的映襯而言，芊芊草色，盎然新綠，牆邊野外，不與萬紫爭艷，自爲詩人閒居心境之表徵。於是詩人抒情言志，莫不以草烘托。如李頎云：「芳草日堪把，白雲心所親。」（寄鏡湖處士），劉長卿云：「白雲依靜渚，芳草閉閒門。」（尋常山南谿道士隱居），郎士元云：「故國白雲遠，閒居青草生。」（聞蟬寄友人），則並舉白雲、芳草，以寄閒情。至白居易云：「閒從蕙草侵階綠，靜任槐花滿地黃。」（春早秋初因時卽事寄浙東李侍郎），以閒適心情，靜觀花草。而後，宋人詠懷，亦多自此寫閒居幽趣。如司馬光「閒居」云：「故人通貴絕相過，門外眞堪置雀羅。我已幽慵僮更嬾，雨來春草一番多。」春草高長，我亦無妨，正爲閒淡心境之反襯。至王安石「北山」：「北山輸綠漲橫陂，直塹回塘灧灧時。細數落花因坐久，緩尋芳草得歸遲。」坐觀落花，緩尋芳草，自是閒適趣味。又其「初夏卽事」：「石梁茅屋有彎碕，流水濺濺度兩陂。晴日這風生麥氣，綠陰幽草勝花時。」以綠蔭幽草爲勝境，自屬心境閒淡，遂特別賞愛。至姜特立「庭草」，更自此立意。其詩云：「一簇牆陰綠正繁，不依朱戶傍雕闌。竹光苔色深相映，只許閒人靜處看。」自閒靜上特顯綠草情味。若劉敞「春草」詩：「春草綿綿不可名，水邊原上亂抽莖。似嫌車馬繁華處，才入城門便不生。」謂春草不愛車馬繁華，但愛水湄原野，不求聞達，安於平淡，寫出春草的特立精神。

就離別的場景而言，萋萋芳草，年年新綠，年年點燃別後的牽念。於是千回百轉的心思便縈草而生。故《楚辭》「招隱士」云：「王孫遊兮不歸，春草生兮萋萋。」「王孫兮歸來，山中兮不可久留。」首唱別後的惆悵及相聚的企盼，而後詩人言別，好用此典。如謝靈運云：「萋萋芳草生，王孫遊有情。」（悲哉行），王維云：「春草明年綠，王孫歸不歸？」（山中送別），劉長卿云：「惆悵王孫草，青青又一年。」（寄普門上人），王韋云：「於今南浦知多少，卻向王孫去後生。」（春草）等，均自此抒情寄慨，略加變化。而後，春草遂爲詩人眼中的風景，或善體人意，與人同感。如庾肩吾云：「委翠似知節，含芳如有情。全由履迹少，併欲上階生。」（詠長信宮中草），李白云：「春草如有情，山中尚含綠。」（金門答蘇秀才），均自春草有情設思。若劉長卿云：「故關無去客，春草獨隨君。」（淮上送梁二恩命追赴上都），「江春不肯留行客，草色青青送馬蹄。」（送李判官之潤州行營），則自芳草多情相伴上擬喻。唯此類詩作不多，春草多爲牽愁引怨的景物，增人惆悵。故古詩云：「青青河畔草，綿綿思遠道。」（青青河畔草），因草以相思；王維云：「愁心視春草，畏向玉階生。」（雜詩），觸景而傷懷；崔國輔云：「應緣春草誤，著處不成歸。」（王孫遊），歸怨於草長；唐彥謙云：「萋萋總是無情物，吹綠東風又一年。」（春草），深嘆於時光之流逝。然草木有生而無知。種種鄉愁別緒，皆自心中而起，原不關草枯草綠。故宋眞山民云：「草枯根不死，春到又敷榮。獨有愁根在，非春亦自生。」（草），所謂草根，正猶人之情苗愁根。由此觀之，作爲離別場景的草，正是詩人內心的最佳投影。而眞氏「草」詩刻劃之深入，亦可由此見之。

就歷史舞臺而言，草是大地永恒的裝飾。在時間的巨流裏，所有雕樑畫棟，無不敗壞傾頹；所有明眸皓齒，莫不香消玉殞。唯有草，不受影響，依然頑強生長；青青草色，掩沒人類努力過的遺跡，彷彿亙古時間的具象，冷眼注視一切人文活動。於是，自草綠裏，詩人深慨歷代的興亡。如鮑照云：「君不見柏梁臺，今日丘墟生草萊。」（擬行路難），李白云：「亡國生春草，王宮滅古邱。」（金陵），張籍云：「吳苑夕陽明古堞，越宮春草上高臺。」（送友人盧處士遊吳越），徐大鏞云：「漢磧秦城望欲迷，百年興廢草萋萋」等，所謂萋萋芳草裏，不知埋藏多少輝煌的歷史記憶；寂寞荒煙蔓草，終爲往昔宮殿的歸宿。其實，遑論吳越秦漢，但看周遭人事，亦均如此。故李白云：「我妓今朝如花月，他妓古墳荒草寒。」（東山吟），白居易云：「眞娘墓頭春草碧，心奴鬢上秋霜白。」（寄李蘇州兼示楊瓊）所謂花容月貌，最後皆披上綠草的青衣；又劉長卿云：「舊業已應成茂草，餘生只是任飄蓬。」（避地江東留別淮南使院諸公），韋莊云：「今日故人何處問？夕陽衰草盡荒邱。」（下邽感舊），所謂故居老友，亦難逃荒草吞噬的命運。因此，詩人進而正視此殘酷事實。如李白云：「輸肝剖膽效英才，昭王白骨縈蔓草。」（行路難），杜甫云：「朽骨穴螻蟻，又爲蔓草纏。」（遣興），岑參云：「戰場白骨纏草根，劍河風急雪片濶。」（輪臺歌送封大夫出師西征），寫出白骨與蔓草的驚心畫面，並傳達死亡與生命交融的詭麗訊息。當然，要表現人事興衰、今昔之感，並不一定要如此强烈刻劃，如杜甫云：「映階碧草自春色，隔葉黃鸝空好音。」（蜀相），雖未直言，然下一「自」字，配合下句「空」字，自有物是人非之慨，而此則以麗景寫滄桑也。

就個人際遇而言，芳草含翠，隨意青綠；非但喚醒人的存在感懷，更默示平居自處之道。歷來借草託諷者，當首推屈原。屈子平日懷瑾握瑜，特喜香草；登山臨水時，多採蘭、蕙、芷、江離、杜若等，以爲佩飾。因是，香草成爲詩人本質的隱喻❻。而屈子含忠遭讒、心念宗國的寂寞情懷，亦可由此見之。其「離騷」云：「雖萎絕其亦何傷兮，哀衆芳之蕪穢。」「何昔日之芳草兮，今直爲此蕭艾也。」，亟嘆羣賢之失志，時人之變節；又「惜往日」云：「君無度而弗察兮，使芳草爲幽藪。」「何芳草之早殀兮，微霜降而下戒。」，則悲國君之不識，哀己之見放；值此情境，屈子只有自問：「何所獨無芳草兮，爾何懷乎故宇？」（離騷），大嘆：「惜吾不及古人兮，吾誰與玩此芳草？」（思美人）。於是在芳草裏，我們可以看出屈子含芳履潔的不遇之感。逮及張九齡，一改屈子悲怨心態，自樂天安命上抒懷。其「感遇」云：「蘭葉春葳蕤，桂華秋皎潔。欣欣似此意，自爾爲佳節。誰知林棲者，聞風坐相悅。草木有本心，何求美人折？」直謂蘭草桂木，自有天性，無須外在干擾。故方東樹評曰：「興而比，收所謂運命唯所適。」（《昭

---

❻ 可參彭毅「屈原作品中隱喻和象徵的探討」見《文學評論》第一集，書評書目社印行。並參王國瓔「楚辭中的山水景物——中國山水詩探源之二」，《中外文學》第八卷第五期。又此處「蘭」，指蘭草，非指蘭花。

味詹言》卷七），蓋蘭草葳蕤，自如其生長，何勞競華鬪姸，徒遭摧折。唯此終屬理念。詩人行吟天地，萬端牽絆，何能清靜若是？故杜甫云：「此生任春草，垂老獨漂萍。」（贈翰林張四學士垍），二句意謂年年草綠，處處漂泊，似言隨遇而安，然卑微之傷，流落之慨，躍然於詩末❼。至李商隱云：「天意憐幽草，人間重晚晴。」（晚晴），二句貌似寫景，然中實有義山身世之感；而對未來美好的期許，當是詩人不得意的一絲安慰。及至宋世，眞正能自草感悟者，恐非王安石莫屬。其「芳草」詩云：「芳草知誰種？緣堦已數叢。無心與時競，何苦太葱葱。」意謂草色葱葱，耀眼爭彩，實非必要；玄默自持，歸於平淡，才是至理。而「無心與時競」，當是王安石個人心境的寫照。而後，元許衡云：「花爲可觀遭夭折，草因無用得欣榮。世間巧拙俱相伴，不許區區智力爭。」（病中雜言），自無用却欣榮說草，唯字句過於揭露。至方回云：「人生値艱難，不如路傍草。」（秋晚雜書十首），清吳振棫云：「人生賤於草，米價長如潮。」（歲歉感懷），自草之無知無愁，反襯生計之艱辛，則是詩人著眼亂世荒年的另一慨嘆❽。

❼ 楊倫《杜詩鏡銓》於「此生任春草」下註云：「言隨遇而安。」仇兆鰲《杜詩詳註》則謂：「春草，歎卑微。漂萍，傷流落。」

❽ 似此自草之無知無愁反襯人生之悲者，多見於唐詩。如張籍云：「人生有行役，誰能如草木？」（憶友），孟郊云：「徒言人最靈，白骨亂縱橫。如何當春死，不及羣草生。」（弔國殤），鮑溶云：「季秋天地閒，萬物生意足。我憂長於生，安得及草木。」（幽思三首）等。

四

自孔子謂詩可以多識「鳥獸草木之名」以來，草一直在古典詩中扮演重要的角色。彷彿亙古舞臺上一盞高懸的綠燈，輻射出柔和的光彩，照亮了詩人的哲思銳感。綜上六端觀之，歷代詩人寫草所含的主題，以天理流行的體悟、人生態度的沉思、離情別懷的烘托，最具特色。

就天理流行而論，歷代詩人多能領略天道的一視同仁。如陸游云：「江聲不盡英雄恨，天意無私草木秋。」（黃州），言草木逐時而生，有枯有榮。唯詩人大都不從枯死加以哀悼，而自草的生機大加闡釋。如白居易云：「離離原上草，一歲一枯榮。野火燒不盡，春風吹又生。」（賦得古原草送別），亟寫草的生生不息，以觀大化之流行。於是生生不息的青草，跨越時間的鴻溝，成爲天理之見證，而詩人亦自其中由小見大，領略傳統對天道的看法。

就人生態度而論，詩人體物言志，多能思及無心忘機與隨緣之義。如杜甫云：「但訝鹿皮翁，忘機對芳草。」（遣興三首），以列仙傳中的鹿皮翁自喻，頗有隱遁忘機之想；又樓鑰云：「野芳庭草是生涯，老去只宜閑在家。」（楊花），庭草隨意自綠，正是詩人歸於平淡，怡然自得的知己。畢竟青青草色，永遠等待詩人的認同。似此繁華落盡、無心與時競的沉思，實爲歷代詩人隱退時的態度取向。

就離情別懷而論，歷代詩人自此抒憂言愁者，最為多見。蓋古代農業社會，不管何處送別，舉目必有芳草；且交通不便，彼此相聚不易，於是天涯芳草成為思念感觸的對象。如劉長卿云：「獨憐芳草色，猶似憶佳節。」（過桃花夫人廟），錢起云：「舊國別佳人，他鄉思芳草。」（南中遊意），王銍云：「到底多情是芳草，長隨離恨遍天涯。」（芳草）等，莫不因草相思，緣草寄恨；而芳草之烘托離情、渲染別意，進而成為憂愁的具象、伊人的表徵，當是此類詩作的自然演進。

唯自天理流行的體悟、人生態度的沉思、離情別懷的烘托上，僅能概括言及古典詩中草的大略，稍窺詩人詠物的思維方式及傳統哲思的驗證。或許，可以為「大凡動植物自然界的詠物詩中，無不顯示中華民族共通的理念」❾，提出一些說明。■

---

❾ 見黃永武「詠物詩的評價標準」，收於其書《詩與美》，洪範書店出版，頁一七八。

「花」的情思

花一直是大地艷采，人間絕色。在山巔，在水涯，在庭前，在原野；花是紅塵的星子，枝葉間的火焰，妝點朗朗乾坤；花是千萬盞明燈，互映交輝，照亮人們驚喜的眼眸。於是，綠海碧空間的萬紫千紅，盡化成行旅口中詩人腕底詞客筆下的斑斕文采，生色而薰香。

是故源自《詩經》起，先民詠歌寄懷，每自花朵起興，以寫生命的璀璨。如周南「桃夭」首章：

> 桃之夭夭，灼灼其華。
> 之子于歸，宜其室家。

卽以酡紅流霞般之桃花起興，興如花女子，青春貌美，婚嫁得宜。而後凝紅耀采的羣芳，遂成爲歷來詩篇中偏愛取譬的意象。如鄭風「有女同車」云：「有女同車，顏如舜華」，以木槿花（卽「舜華」）比擬美女容顏。至如李白「清平調」第一句：「雲想衣裳花想容」，自花的絕艷，推想傾國傾城佳麗的絕代風華。若白居易「長恨歌」云：則以「梨花一枝春帶雨」，映襯貴妃的楚楚「玉容」。似此，均自花的絢爛綻放上立意。

然而熱鬧豪華之餘，陽光撤去黑夜湧來之後，花也有花的寂寞，花的淒淸。故王維「辛夷塢」云：

木末芙蓉花，
山中發紅萼。
澗戶寂無人，
紛紛開且落。

而人生天地間，猶如空山窮谷中的芙蓉花；寂寞的開，寂寞的紅，寂寞的落；往往尋覓不着貼心知己，溫暖飄泊孤獨的心靈。至於張泌「寄人」：

別夢依依到謝家，
小廊回合曲闌斜。
多情祇有春庭月，

猶為離人照落花。

自落花抒懷渲染，更有一股黯然惆悵的情懷。三四兩句，寫夢醒後的冰冷，只有月光下的落花映入瞳仁。追懷往事，畢竟如夢如花飄落，昔日愛情亦如落花凋萎，而那個魂牽夢縈的女子，如今又花落何處？似此，均自花的幽獨、謝落，寫人生的落寞。

至於再進一步觀察。日月迭替，白雲悠悠。昔時紅顏，終將鶴鬢如絲。曾經英發翩翩少年，今成頹唐老者，終而成塵。只有墳上花兒年年怒放，年年春來點染寂靜的原野。回首前塵之際，油然浮升盛衰之嘆死生之悲。因此，劉希夷詩：

年年歲歲花相似，
歲歲年年人不同。
寄言全盛紅顏子，
須憐半死白頭翁。

—白頭吟

自花的依舊春紅鬥妍，人事已非，省思人生的局限。至若岑參，俯仰凝慮，更是慨乎言之。

今年花似去年好，
去年人到今年老。
始知人老不如花，
可惜落花君莫掃。

—韋員外家花樹歌

由「人老不如花」的感傷中，翻出珍惜落花、我見猶憐的情懷。反見情思不匱，緜渺有致。及至紅樓夢二七回中，林黛玉「葬花詞」，傷春獨泣殘紅的末八句：

爾今死去儂收葬，
未卜儂身何日喪。
儂今葬花人笑癡，
他年葬儂知是誰？
試看春殘花漸落，
便是紅顏老死時。
一朝春盡紅顏老，

花落人亡兩不知。

一片深沉衰颯之音，躍然紙上。再燦爛的花朵終將辭枝飄落，再明媚的紅顏也將告別人間，走入死亡冰冷的陰影裡。端的是「生非薄命不爲花」，端的是濃得化不開的沉重悲感。似此，均自生死盛衰上寄慨抒情。

只是，在面對花開花落，面對人生的終歸虛無，除了抒發盛衰之感死生之慨外；人是不是該冷靜澄澈下來，找出如何安身立命之道？緣此，我們看到歷代詩人在一番哲思體悟之後，提出三項解決方式。

第一，卽撥開現象，直指眞實。如宋人紹隆的「槿花」詩：

朱槿移栽釋夢中，
老僧非是愛花紅。
朝開暮落關何事。
祇要人知色是空。

紹隆揭去人生幕帷，直道：花自如其如的開，自如其如的落，人心又何用沾滯癡迷。人間萬象，均無定質。色卽是空，空卽是色，若能勘破表象，明心見性，自能跳出花開花落的悲感，拂去惱人的塵埃。而這，正是佛家的理路。枝頭一朵紅焰，遂成照亮人心茫昧的當頭棒喝。

第二，卽肯定有限，珍視過程。如杜甫「江畔獨步尋花」七絕詩：

不是愛花卽欲死，
只恐花盡老相催。
繁枝容易紛紛落，
嫩蕊商量細細開。

杜甫以爲：花，切莫開得太匆促；人，不當提早揮霍生命。生命，應如含苞嫩蕊，從容舒展，漸次開放。讓花朶在循序漸進中，作最完整最美的展現，讓生命在細水長流中更充實更有光輝。旣然人生終幻化，何不撇開哀傷，當下卽是，好好成就眼前時光，活得無愧今生，活得平實親切。進而走出自己，關懷別人。似此儒家正視生命過程的勇銳態度，正足以針砭徬徨無繫的心靈。

第三，卽打破生死，擴大視野。如龔自珍「己亥雜詩」之一：

浩蕩離愁白日斜，

吟鞭東指卽天涯。
落紅非是無情物，
化作春泥更護花。

龔自珍自大自然的生生不息加以領會。蓋花落成泥，孕育下一代花的成長，可說雖死猶生。而宇宙萬物，就在這由生至死、由死而生的律則內，流轉不息。至此，每個生命的終點，正是另一個生命的起點。而此等相攝依存的關係，跨越生死樊籬的界限，正開濶小我一己的心量。於是生命的意義在承先啓後綿延不絕中，得到最大的肯定。因此，當我們重新再看到艾略特（Thomas Stearns Eliot）所描述的畫面：「四月的水仙，自枯骸的眼眶，向外窺視」（引自余光中先生《英詩譯注》），將不再驚懾於美醜强烈對比的鏡頭，而深感生死條貫的底蘊。我們不再只是覺天地的無情有限，我們更清明地覷見整個宇宙的無限有情；而「化作春泥還護花」的大願，正是人文精神最可貴最崇高的品質。

當然，除了中國傳統詩人所懸揭的哲思體悟之外，本諸心同理同，西方詩人亦有極精闢深切的觀點。如英國詩人威廉・布雷克（William Blake）在「無邪之預示」（Auguries of Innocence）中訴道：

To see a world in a grain of sand
And a Heaven in a wild flower
Hold Infinity in the palm of your hand
And Eternity in an hour

布雷克自花之均匀精美、細密之紋理結構，由近及遠，作形上的思維。所謂「一沙一世界，一花一天國。納無限於掌心，見永恆於刹那」。詩人靜觀萬物，由小觀大。郊道毫不起眼兀自吐露清芬的野花，自含有其深遠幽微乍現天機的光采。於是每一朵嬌艷，成爲天堂的人間投影，默默傳遞天地不言之大美，深深召喚詩人敏銳的心思。因此，威廉・華特華斯（William Wordsworth）曾道：「對於我，最卑微的花朵，也能給予往往是深得非淚水所能表達的沉思。」說出花所啓示的絕美，甚而實超乎象外，逼向眞實本體的殿堂。而此等感天念地的領悟，正是詩人所努力追求的目標。

基於以上認識，面對人間美麗的花朵，面對幽谷孤崖的小白花，我們將有更深的體會。透過中西詩人智慧火花的交會輝映，我們將更能領略生命的絢爛、人生的寂寞、盛衰的感慨等諸層關係及涵義。然而，在美的觀賞中，如何走過今生，如何抉擇生命的情調，永遠是我們要自加省思，自我提升的嚴肅課題。■

中央副刊七十五年十一月二十九日

談王維的「辛夷塢」

木末芙蓉花，山中發紅萼。澗戶寂無人，紛紛開且落。（王維「辛夷塢」）

詩是自然中萬事萬物的形象，透過詩人本身的意識，而表現出來的「符號的藝術」。所以，詩和詩人必有某種程度契合上的關係。但我們在鑑賞的時候，不妨把它看作獨立的客體；而藉著詩中的意象，加上配合自己的經驗、思想，探究詩本身文字以外的底蘊。

「辛夷塢」的作者王維，年少時就走入繁華富貴的人生；安史亂後，王維跳出人間世，從此，有物無競，心情閑逸平淡，對於大自然所呈現的一花一草，跳出人間世後的王維不再只是浮面的感受；他的靈慧已透射到花草的靈魂裏，於是，見山依仍是山，見水依仍是水。王維後期詩作，除了一抹淡淡的詩情外，另外有種屬於禪的理趣；在形象鮮活的意象內，常帶著古寺寒鐘般靜謐幽冷的氣氛，如「日色冷青松」裏青冷的色調。同樣地，辛夷樹梢的芙蓉花，在王維「日之所遇」所生的意象中，平淡的詩句裏依舊隱隱約約地逼出冷瑟的韻味。底下，就從王維絢爛歸於平淡後的心境來「以意逆志」。

在這首五絕中，芙蓉花是「正月二月花，色白而帶紫，花落，夏杪復著花如筆。」❶，除此外，在詩語上的了解，應沒有什麼問題。在整體的結構上，第一句「木末芙蓉花」和第二句「山中發紅萼」是一氣連貫，沒有間歇的，呈現着一種持續的節奏感。但兩句只提出山和木末發紅萼的芙蓉花這兩組簡單的意象。第三句「澗戶寂無人」意思跳開，轉而描述辛夷樹旁的景物，讓因一二句產生的節奏稍稍緩下來。到第四句「紛紛開且落」又掉過頭來，銜卿一二句的節奏，而把整首詩合成完整的有機體。

在寫作的手法上，這首詩是純粹客觀景物的描述。詩中呈現「忘我」的觀點。至於時空中的關係，第一句「木末芙蓉花」第二句「山中發紅萼」均表示空間的意念，而第二句「發紅萼」又暗藏時間的意念，第三句「澗戶寂無人」既是空間又是時間，有亙古以來澗戶裏一直沒人的意味在。當然，此時王維的心，已悠悠乎超出他有限的形體之外。第四句「紛紛開且落」顯示花開花落的自然現象，指出短暫的時間意念。在一二句中，色白而紫且小小如筆的芙蓉花和壯大的山這兩組意象，在空間上形成强烈的對照；三四句，「澗戶寂無人」是生生不息的世界，象徵宇宙無限的時間，「紛紛開且落」是剎那短暫的時間，兩組的意象在時間上也構成强烈的對比。至於

❶ 見高步瀛《唐宋詩舉要》七五五頁注，引自《蜀本圖經》。

在語法上，這一首詩從第一句到第四句，簡單地說就只在表現花開花落的現象，表現力的「動作」❷。整首詩恰是一個整體動作的意象——由生至死。以上是語言層次上的了解，以下就透過經驗、思想的層次❸，來探索以花作意象，一個動態的意象所引出來的「象徵世界」。

在王維怡靜心境的照鑑下：花紛紛地開了，紛紛的又落了；通過花開花落，王維看到宇宙自然生命，無不自如其的在那兒生生死死，循環不已。而人，就像小小的芙蓉花，在天地間開落，百歲光陰只不過是片刻游移的陰影。既爲小小的芙蓉花，就必定要凋零；既生爲人，就無法逃出本身的生滅性。人生來本非己願，去時也無法徵得自己同意，百年的風一陣刮過，每個人就好比枯樹上的黃葉，必得紛紛飄墜，所以，人又何必執著呢？透過花的意象，我們可以明白王維在此詩中意識的流露。王維此刻的心，就像一面纖塵不染的鏡子，在他的虛明照鑑下，宇宙萬物莫不呈現「物自身」在詩人的心鏡裏；詩人的自身也「心凝形釋」和宇宙在冥冥中契合。這是王維表現在詩裏的靈慧。因此，人生短暫，何須哀嘆，何須無奈？「紛紛開且落」就是「紛紛開且落」，萬物的生命無不活活潑潑地顯現在天地間，這是王維的體會。至於落到其他詩人的身上，花所引發的意象，由於生命層面的不同，自然各有所異。劉禹錫見「朱雀橋邊野草花」想王謝堂前燕，慨嘆人生的無常。杜甫江南逢李龜年，低唱著「落花時節又逢君」，落花成了兩人離合的

❷ 參考《中外文學》第一卷第十期：論唐詩的語法、用字、意象。梅祖麟、高友工著。

❸ 文學欣賞的三個層面：語言、經驗、思想。據姚一葦先生說。

象徵。岑參道「白髮悲花落」，則呈顯一種烈士暮年壯心未已的噓唏；「庭樹不知人去盡，春來還放舊時花」，更對花平空生無理的怨意。杜甫在曲江，也不免興起愁悵之情：「一片花飛減却春，風飄萬點正愁人，且看欲盡花經眼，莫厭傷多酒入唇。」唱出生命坎坷的哀歌。當然，王維因不膠住人間世，所以有閒淡的意致。「人閒桂花落」卽全是一副沖淡風貌的寫照。

「澗戶寂無人，紛紛開且落」，花開時，澗戶無人，花落時，澗戶亦無人；沒有掌聲但花開了，但花落了，依然沒有掌聲，知己的掌聲，如何的稀微啊！在這裏，花的意象又象徵著人生在世的寂寞情懷。當一個人需要別人來支持自己褪色的夢時，人兒却遲遲不來。所以，陳子昂在人間世找不到知己，登幽州臺時，望風追想，古人已遠遠逝矣，來者又不可知，反觀自己渺小的身影黑點般的立在時空座標上，能不寂寞地放歌一哭麼？偉人是寂寞的，英雄是寂寞的，是其曲彌高，其和者彌寡？伯樂不來，千里馬是寂寞的，芸芸衆生的我們，也常常在夜闌人靜時，有一股寂寞的情緒油然升起。於是，每一朶芙蓉花寂寞地開落，人也寂寞的生寂寞的死——寥落古行宮，宮花寂寞紅。花朶燦爛的開放是爲了什麼？人生絢爛的表現又爲了什麼？或許，王維的答案：花開是爲了花開，人的生存本身就是一種目的罷！

幾千年的風雨聲響起，花落知多少？幾千年的風沙吹過去，鏗鏘地掉在青史的名字又有幾個？或許，人誠然是一朶寂寞的芙蓉花，開落在天地間，這是自然法則，人之所以爲人的現象。至於如何開，如何落；如何在寂寞的開展中賦予深長的意義，而掌握住倏忽生命的永恒價值，王維在這首詩中並沒有積極的說明。但也許，人必先滌盡了塵世的執着，融化了無常的哀嘆，如實地體認了生命的寂寞，然後生命的積極意義才能從其中自然浮起。這或許就是一切禪與道的哲學與文學所給予我們的啓示。■

《鵝湖月刊》一卷八期

柳宗元的「獨釣」之情

——從「江雪」談起

一、前言

我們都知道柳宗元並不以詩歌專雄。在古文上，他的成就更大，和韓愈齊名，同是唐代古文的巨擘。然而，不可否認地，柳宗元詩的成就依然相當高。蘇東坡則認爲他的詩「在陶淵明之下，韋蘇州之上」。其中「江雪」一詩，流傳最廣，前人的評價極高。如明胡應麟則稱贊它：「千山鳥飛絕二十字骨力豪上，句格天然」(《詩藪》)，東坡推崇曰「……子厚云『孤舟蓑笠翁，獨釣寒江雪』信有格哉，殆天所賦，不可及也。」可以稱得上是他個人詩的代表作。

「江雪」一詩，據筆者所知，有不同層次的賞析。在藝術技巧上，楊牧(見《傳統的與現代的》中「唐詩示例」)與周鳳五先生(江南江北《唐詩賞析》)都有精采的分析。在意境內涵上，喻守真《唐詩三百首詳析》以爲它只是一首「極妙的雪景」而已。邱燮友教授則進一步以爲它表現出「清新絕俗的畫面」「有孤絕的意境」（《新譯唐詩三百首》）。林明德和賴芳伶兩位先生合著的「唐詩發微之二」則再進一步觸到作者的心境：「詩人似乎能正視他的遭遇——貶謫以及謫居的一份孤寂」（《草根詩刊》二月份）。周鳳五先生則另有會心：『詩中描寫『蓑笠翁』冒寒而出，兀坐舟中，其目的大概象徵作者內心執著的精神，換句話說，正是作者特立獨行的偉大人格」。至於筆者擬從「釣」動作的象徵，挖掘「江雪」詩中「獨釣」的豐富內涵，進而把握柳宗元生命中所呈現出來的「獨釣之情」。

二、「獨釣」的豐富內涵

「釣」的動作並非只是單純釣魚而已。在唐朝詩人的眼中，它已轉化成一種象徵的動作。如孟浩然「望洞庭湖贈張丞相」五律的後半：

> 欲濟無舟楫，端居耻聖明。
> 坐觀垂釣者，徒有羨魚情。

在此，「釣」的地點洞庭湖，已轉化爲人生的江流。孟浩然羨慕垂釣者所釣的魚，無疑的是——

孟浩然希望張丞相提拔他，而能夠有一官半職的暗示。「釣」的動作，很顯然的是象徵人生追求的過程。同樣的，在《侯鯖錄》有一段關於李白的故事：

> 李白開元中謁宰相，封一板，上題「海上釣鼇客李白」。相問曰：「先生臨滄海，釣巨鼇，以何物為餌線？」白曰：「以風浪逸其情，乾坤縱其志，以虹蜺為絲，明月為鈎。」相曰：「何物為餌？」曰「以天下無義丈夫為餌！」時相悚然。

「釣巨鼇」的「釣」的動作，正是李白生命中，對人間理念追求的象徵。李白縱志乾坤，逸情風浪的不羈風姿，「以天下無義丈夫爲餌」的飛揚拔扈的情態，在「釣」的動作上很鮮明的凸顯出來。現在，我們來看柳宗元的「江雪」：

千山鳥飛絶，
萬徑人蹤滅。
孤舟蓑笠翁，
獨釣寒江雪。

如果，只從字面上來看，那只不過是描寫漁翁獨釣的雪景而已，那麼充其量，這首詩只是詩人穿著皮大衣，躲在象牙塔裏，遙望漁翁爲了生活不得不在冰天雪地忍凍獨釣的美化情境罷了，底下也就不值得再討論下去。但是，我們知道詩是詩人內心世界和外在景物契合的顯現，它是詩人生命琴絃悲痛或怡悅的搖響。「江雪」一詩正創作於永貞元年至元和九年之間，時作者貶謫永州（從三十三歲到四十三歲）前後有十年。緣此，配合著作者的遭遇，在白雪皚皚的江雪中蓑笠翁的形象裏，我們可以看到柳宗元的影子在那兒隱約的晃動。

首先，我們來討論「寒江雪」的意象。在觸覺上，正給予人冰冰冷冷的感受，很容易讓我們聯想到不幸、淒涼的事件。如李義山的「謁山」詩：「欲就痲姑買滄海，一杯春露冷如冰」，也是以冰冷之春露影射他自己的不得意。在這裏，「寒江雪」正象徵著柳宗元生命中的失意、落寞。然而，面對冰冷的寒江雪從四面八方徹骨的冷凍之下，蓑笠翁(卽柳宗元)何苦一定要堅持「釣」呢？而且是孤孤單單地「獨釣」？這裏，正有一股詩人不容己之情。面對著人間的寂寥，生命的悲哀，人是易於頹廢、悲觀、消極的。在此，顯現出柳宗元的冰雪之志，貞固之情，宛如「一片冰心在玉壺」(王昌齡句)。在此，柳宗元並不逃避，卸下釣竿；而相反的，他昂起頭來，正視「獨釣寒江雪」。其中「獨釣」二字宛若千鈞力道擊起一切外在的打擊、壓迫。在寂寞之餘，「獨釣」正透出一股對於人生理念把握的勁力，詩人胸中創業的火焰在冰冷的天地裏依舊熊熊燃燒！

三、「獨釣」的寂寞與勁力

然則，人終究是人。人生失意，德位不稱的悲哀是無法泯除的。柳宗元正當中年，十年西南夷的魂魄飄零，他不免憂思、感愴。如底下詩篇，一幅寂寞垂綸的形像，徒呼無奈。

……攬衣中夜起，感物涕盈襟，微霜衆所踐，誰念歲寒心。（感遇）

……去國魂已遊，懷人淚空垂。孤生易為感，失路少所宜。索寞竟何事，徘徊祇自知。（南澗中題）

屛居負山郭，歲暮驚離索，野迥樵唱來，庭空燒燼落。世紛因事遠，心賞隨年薄。默默諒何為，徒成今與昨。（郊居）

於是作者不免釋志東耕（遊石角過小嶺至長烏村），高歌足快（構法華西寺）放於山澤（永州八記）等聊以慰解寂寞之情。或以籠鷹，跂烏，夸父（行路難）企圖以詩的悲哀來征服生命的悲哀。但丹心自渥。「獨釣」的勁力仍不時揚起。

……烱心那自是，昭世懶佯狂。鳴玉此全息，懷沙事不忘。戀恩何敢死，垂淚對清湘。

（拜賀未由謹獻詩五十韻以畢微志）

余雖不合於俗，亦頗以文墨自慰，漱滌萬物，牢籠百態，無所避之。（愚溪詩序）

柳宗元在元和九年冬召返長安。在元和十年三月因劉禹錫遠徙播州，再度被遷徙柳州（今廣西）。元和十年，「嶺南江行」詩中，柳宗元自已警惕「如此憂來非一事，豈容華髮待流年」。於是，在柳州短短四年卽有一番作爲。黃翰的「祭柳侯文」稱之曰：「……毋敢怠荒。動以禮法。率由典常。公無負租。私有積倉。居處有屋。濟川有航。黃柑綠柳，至今滿鄉。……」但萬死投荒的宦情，去國六千里的羈思，終不免使柳宗元的「獨釣」，顯得悲愴不已，如「種木檞花」詩：

上苑年年重物華，飄零今日在天涯。
祇應長作龍城守，剩種庭前木檞花。

詩中「龍城」卽柳州。人生到此，大才小用，壯心未已的慨嘆是何等的哀痛。

至於元遺山在「論詩絕句」中論道：

謝客風容映古今，發源誰似柳州深。
朱絃一拂遺音在，却是當年寂寞心。

正是從柳宗元生命的寂寞、不平來把握。緣由柳宗元「衆畏其才高，懲刈復進，故無用力者」（宋祁之《唐書》本傳）。而柳宗元對理念的追求，就在寂寞憂思的糾葛之下，成就他詩中不可掩的「獨釣之情」。而「獨釣」的勁力，也就在客觀環境的逼迫，益發令人覺得蒼涼哀痛，因此成就他在文學上不朽的地位。

四、結語

如果我們再重新凝視「江雪」，在一大片白茫茫的空間和孤舟上蓑笠翁渺小的身影對照之下，我們將深深地感到作爲人存在的有限、短暫。進一步，在無限空白的時空和江上蓑笠翁所堅持的那縷若有若無釣絲的對照之下，我們將發覺人所能够釣起的人文成就，是如何的微弱、不足道。然而，在人生的江流裏，人的髮絲就是一根根由烏黑漸漸轉成銀白的釣絲，誰也無法避免

「釣」的動作，誰也不能收起釣具，除非他是自己的叛徒。海明威《老人與海》中的老人雖然經過三天三夜的搏鬥，精疲力盡，雖然把那尾馬諾林（Manolin）拖到岸上時，只剩下一付巨型的魚骨，但是他，仍就要出海！不管江湖夜雨，桃李春風，每個人都要手持一把釣竿，垂釣江流。更要追求自己的理念，終不悔的獨釣江流。

然則，在人生的江流中，人能釣得到多少？也許抽出來的只有鈎鈎在空中空空蕩蕩的鈎著，鈎著……。柳宗元在一首「觸覺」詩，則為此幽幽長嘆：

覺來戀牖空，寥落雨聲曉。
良游怨遲暮，末事驚紛擾。
為問經事心，古人誰盡了。

對於人生的弔詭，人生終極的有所憾，誰又能夠免除呢？對於人生理念要求，誰又能夠盡了？而人之所以可貴，正在於人生的寂寞況味之下，從中興起的那份「獨釣」的勁力！「獨釣」之情又豈是柳宗元的寂寥，柳宗元肯定的聲音；它該是悠悠亘古下，任何有心人的共同感受。■

留取丹心照汗青

——談愛國詩魂

愛國詩是詩中的黃鐘大呂，也是我大漢民族忠烈的呼聲。忠肝義膽，發而爲詩，無不正氣凜然，發聾振聵。自戰國屈原起，到三國曹植，唐朝杜甫、王昌齡、祖詠，宋代岳飛、陸游、文天祥，明季戚繼光、鄭成功，清末秋瑾、羅福生、邱逢甲，及民國邱清泉、先總統 蔣公等，愛國詩篇，綿延不絕。詩中先聖先賢寫出他們感時憂國的壯志，恢復神州的抱負，爲國捐軀的氣概，眞是一字一淚，聲情悲壯；直如暮鼓晨鐘，發人深省。而這種大雅之音，民族精神的薪傳，將如日月的光輝般照亮世人的良知，溫暖後代子孫的內心，而長懸天地之間。

屈原是我國第一位愛國詩人，關心世局，熱愛鄉土，一心以楚國爲念。因此在他的作品中充滿憂國憂民的聲音。如「離騷」：「豈余生之憚殃兮，恐皇輿之敗績。」「長太息以掩涕兮，哀民生之多艱。」「怨靈脩之浩蕩兮，終不察夫民心。」等，正是他耿耿忠愛的表白。後雖懷王信讒，屈原被黜，有志未伸；然忠君愛國之心，無時或已。「離騷」云：「亦余心之所善兮，雖九死其猶未悔。」可說是他一生忠烈的寫照。及頃襄王即位，讒言再起，屈原再度被疏，放逐江南；然心念宗國之情，一日未能或忘。因此當頃襄王二十一年，秦將白起攻下郢都時，他在「哀郢」中寫道：「哀見君而不再得」、「哀故都之日遠」、「哀州土之平樂兮」，撫今追昔，一片傷痛。而後忠憤所激，終至投江自沉，百折不回的孤忠終化爲汨羅江水悠悠的悲嘆。於是，蘇東坡在「屈原塔詩」稱道：「屈原古壯士，就死意甚烈。」朱熹也在《楚辭集注》中稱讚屈原：「其爲忠清絜白，固無待於辯論而自顯。」而屈原這種忠清絜白，悲壯的形象，正爲後來愛國詩人樹立一個典型。

降及三國，曹植的詩裏亦洋溢著救時濟世的抱負。因此，在「白馬篇」中他塑造了一個愛國志士的形象，「捐軀赴國難，視死忽如歸」，正是他個人理想的寄托。然而等到曹丕即位，曹植每受牽制，壯志不得施展，救時濟世的心願終轉成慷慨激昂的悲懷。於是「雜詩六首」中所寫的「烈士多悲心，小人媮自閒。」「願欲一輕濟，惜哉無方舟。閑居非吾志，甘心赴國憂。」終成爲他壯心未已的慨嘆。

唐朝是文治武功極盛的時代，詩人請纓報國，效命疆場，莫不音節高亮，氣呑胡羯。例如王昌齡「從軍行」：「青海長雲暗雪山，孤城遙望玉門關。黃金百戰穿金甲，不破樓蘭終不還。」尤其最後一句「不破樓蘭終不還」，氣勢磅礴，鏗鏘有力，充分表現出雄壯豪邁的氣概。又如「祖詠望薊門五律一首」，最末一聯寫道：「少小雖非投筆吏，論功還欲請長纓。」希望自己像班超、將軍兩人一樣，扞衞國家，明白表露自己立功異域、安邦定國的志氣。至於唐代詩人中愛國詩篇最多的，當首推杜甫。杜甫，人稱詩聖，一生忠君愛民，感情極爲沉鬱深厚，尤其他目覩安史之亂，飄泊干戈江湖之間，上憫國難，下嘆民窮，更是悲壯頓挫，字字血淚。例如他「北征」詩：「東胡反未已，臣甫憤所切。揮涕戀行在，道途猶恍惚。乾坤含瘡痍，憂慮何時畢。」，「壯遊」詩云：「備員竊補袞，憂憤心飛揚。上感九廟焚，下感萬民瘡。」寫出他憂國憂民的情感，語句極爲沉痛。而且他忠愛的深情，並不因年老而淡忘。例如他五十五歲的作品，「宿江邊閣」：「不眠憂戰伐，無力正乾坤。」，「西閣曝日」：「胡爲將暮年，憂世心力弱。」，「謁先主廟」：「向來憂國淚，寂寞灑衣巾。」，「搖落」：「長懷報明主，臥病復高秋。」，「江上」：「時危思報主，衰謝不能休。」眞是壯懷激烈，愛國情切。隨手拈來，莫不發乎肺腑。甚而杜甫五十九歲臨死前，依舊關心世局，感慨國事。於是，「風疾舟中伏枕書懷」云：「戰血流依舊，軍聲動至今。」遂成爲他絕筆時感時憂國的心聲；眞性至情，眞可謂鞠躬盡瘁，死而後已。而杜甫之所以成爲詩聖，也正由於他的詩和忠君愛民的思想密切結合的緣故。

宋代愛國詩，以岳飛、陸游、文天祥最爲有名。岳飛一生志在精忠報國，恢復神州。於是凜凜忠烈，噴薄而出，莫不氣勢澎湃，直指本心。因此，他在「送紫巖張先生北伐」中寫道：「號令風霆迅，天聲動北陲。長驅渡河洛，直擣向燕幽。馬蹀閼氏血，旗梟克汗頭。歸來報明主，恢復舊神州。」最末兩句「歸來報明主，恢復舊神州」可謂明白如話，筆力萬鈞。而岳飛這等「歸來報明主，恢復舊神州」的心願，也正是他在「滿江紅」詞中所說的：「靖康恥，猶未雪；臣子恨；何時滅？駕長車踏破賀蘭山缺。」兩者可互為印證。至於陸游，字放翁。由於他力主恢復中原，自始至終，念念不忘，因此素有「愛國詩人」之稱。其中以示兒一首最為膾炙人口。詩云：「死去原知萬事空，但悲不見九州同。王師北定中原日，家祭無忘告乃翁。」文字淺顯，語意沉痛。九州未統一的悲傷，北定中原的殷切期望，是陸游到死也不能忘懷的，而他一生愛國的精神在這首絕句中可說畢顯無遺。至於文天祥，更是成仁取義，正氣凜然，為國為民，從不計個人生死。他在「過零丁洋」詩中所寫的兩句：「人生自古誰無死，留取丹心照汗青。」如斷金裂石，氣沖牛斗，充分表現血性男兒的抱負。另外他有一首「渡揚子江」詩：「幾日隨風北海遊，回從揚子大江頭。臣心一片磁針石，不指南方不肯休。」最後兩句「臣心一片磁針石，不指南方不肯休」眞是比喻貼切，鏗鏘有力，耿耿忠心堅如磁鐵，永向南方，永為邦國，赴湯蹈火，在所不辭。因此文天祥被元人扣留，縱元人威脅利誘，永不屈服。到臨刑就義時，他仍跪向南方，為國犧牲。而他這種忠貞的浩然正義，正是我大漢民族的國魂。

明朝戚繼光的馬上吟，是首口語化的愛國詩。詩云：「南北馳驅報國情，江花邊月笑平生。一年三百六十日，多是橫戈馬上行。」「一年三百六十日，多是橫戈馬上行」，寫出戚繼光剿滅倭寇的兵馬生涯。而他一生馳驅報國，捍衞疆土的忠勇，亦由此可見。至於鄭成功的「出師討滿夷自瓜州至金陵」詩，則是首激昂慷慨、氣吞山河的七絕：「縞素臨江誓滅胡，雄獅十萬氣吞吳。試看天塹投鞭渡，不信中原不姓朱。」時為永曆十三年，鄭成功率領水陸兩軍十七萬，六月破瓜州，七月登陸金陵，全詩昂揚著收復故國山河的壯志。想想看我們軍隊如果一齊投下鞭子，長江的水將被阻斷不流，揮師金陵，不相信中原不是我大明朱姓的天下，「試看天塹投鞭渡，不信中原不信朱」這兩句，眞是何等鼓舞人心的豪語。

清末朝政腐敗，喪權辱國，光緒二十年中日甲午戰爭，清廷戰敗，割讓臺灣。一時羣情激憤，丘逢甲等提議建立民主國。但後來終因兵力懸殊，回天乏力，只好揮淚賦詩，離開臺灣。到達廣東第二年，丘逢甲送他的朋友頌臣去臺灣時，寫道：「棄地原非策，呼天儻見哀。十年如未死，捲土定重來。」描繪出他念念不忘臺灣的心聲。而後 國父領導革命，革命志士拋頭顱、灑熱血，多少英烈爲之犧牲奮鬥，壯烈成仁。如鑑湖女俠秋瑾，更是巾幗英雄，不讓鬚眉。尤其他的愛國詩篇如「寶劍歌」：「話到興亡眦欲裂」，可說豪氣干雲，女中豪傑。因此，她在一首「感懷詩」寫道：「休言女子非英物，夜夜龍泉壁上鳴。」說明女子報國不落人後，就像龍泉劍夜夜發出正義的怒吼。可見愛國詩魂，不分男女，光復神州是每個人的責任。民國前三年，當時列強環伺，國內情勢動盪，先總統 蔣公赴日研習軍事，獻身革命，在自己的小照上自題一首絕句：「騰騰殺氣滿全球，力不如人肯且休。光我神州完我責，東來志豈在封侯。」其中三四兩句眞是壯志凌雲，氣勢磅礡。「光我神州完我責，東來志豈在封侯」的胸懷，誠如 蔣公晚年聯對所說的「以國家興亡爲己任，置個人死生於度外。」，而 蔣公這種擔當的氣魄、愛國的壯志，正是我民族愛國詩魂的具體實現。

風簷展書讀，古道照顏色。在這些悲壯的愛國詩裏，我們聆聽他們忠君愛國的心聲，感時憂民的慨嘆；目睹他們大節凜然的風骨，壯烈成仁的事蹟；深覺每篇愛國詩魂都是一把熊熊的火炬，從古到今，輝煌相映，匯聚成我大漢民族的精神巨焰，照耀千古，永垂不朽。■

《中華文藝》二十八卷二期

第二輯＊古典與現代

從杜甫的「孤雁」看白萩的「雁」

一、前言

日薄西山，斜暉脈脈的照著秋水，暝色緩緩的下積了。在西天一片片沉重的、赭紅的晚霞裏，一隻孤鶩慢慢的鼓動雙翼，飛向渺渺的天際；漸去漸遠的影子，逐漸模糊，模糊成一點淡淡的灰點，消失在蒼茫的暮色中。這幅千古的人間晚晴，卽是王勃「落霞與孤鶩齊飛，秋水共長天一色」的畫面。

滕王閣序裏，詩人王勃在這晚景興會之餘，接著有一份深沈的感悟，自覺生命的偶然存在：天高地迥，覘宇宙之無窮；興盡悲來，識盈虛之有數。此刻，我們再回過頭來注視秋日長天，暮靄紛飛下的孤鶩，將不期然的想起初唐登幽州臺的陳子昂，以及晚唐登樂遊原的李義山。二人在孤獨單一的，赤裸裸的面對廣宇悠宙時，也自自然然，先後的自覺到生命存在的有所憾；一個因之落淚感傷：前不見古人，後不見來者，念天地之悠悠，獨愴然而淚下；一個因之惋惜，生美人遲暮之嘆：夕陽無限好，可惜近黃昏。

歷來，詩人在這層中國式的悲劇意識浮升時，有兩條路向。一則讓它輕輕的飄過，不去和它眞正的碰擊接觸。一則面對這層生命存在的悲劇意識而貞定之，且在一番體悟實悟之後，轉出對人間世之愛和人生的責任感。本文擬就後者這份情感，來看看中唐老杜與現代詩人白萩，在相隔一千多年的時間；共同面對穹蒼中的飛雁所生之情，加以討論。又晚唐崔塗有孤雁詩一首，南宋張炎「調寄解連環」詠孤雁詞一闋，元代元好問「調寄摸魚兒」詠雁詞一闋，清朱彝尊「調寄長亭怨慢」詠雁詞一闋，均與本文所要討論的情感不同，故不予討論，特此聲明。

二、杜甫的「孤雁」

孤　雁

孤雁不飲啄，飛鳴聲念羣。
誰憐一片影，相失萬重雲。
望盡似猶見，哀多如更聞。

野鴨無意緒，鳴噪自紛紛。

「孤雁」一詩作於代宗大歷二年秋，時杜甫五十六歲。是杜甫晚年的作品。據泰順書局杜甫年譜，杜甫卒於大歷五年，享年五十九歲。

首先，就字句的表面，我們可以了解全詩的重點擺在「飛鳴」「念羣」上，這只是一首普通感物興懷的詠物詩而已。但是我們反復吟詠，從「託物以伸意」❶的觀點切入，配合著杜甫的時代背景；將可進一步發覺老杜的影子，在孤雁背後隱隱約約的飄浮。高空飛鳴的孤雁，亦卽老杜精神的形象化。那麼，我們再重新體會孤雁所得到的感動，除了杜甫民胞物與的仁心外，還有老杜那份對生命所堅持崇高之情！

第一句起頭卽逆筆而來，令人吃驚，第二句再補上理由。何以孤雁會不飲不啄而飛鳴念羣呢？因爲雁有「飛則相乎，宿則相聚，聯羣爲伍，棲止偕樂」❷的習性。而雁的社會不就是象徵著人的社會？這首詩一開始，則在一種濃重，壓迫感的氛圍下進行。接著三四句，出現一幅悲涼的畫面：在廣漠天地間，在萬重暗雲覆蓋之下，一點孤絕的影子，寂寞的、無依靠的飄遙徘徊。第三句的「誰憐」二個字，暗藏著老杜的感慨；這隻孤雁在莽莽宇宙中誰同情它呢？唯有我老杜

❶ 見楊載《詩法家數》。
❷ 見《芝山藝談錄》。胥端甫著。商務出版。

一人。而我老杜終身飄蕩。今暫居夔州，又有誰來同情我的遭遇，了解我「烈士暮年，壯心未已」的心境呢？既憐孤雁且悲自身。

五六二句是整首詩最精彩的地方。缺此二句，孤雁的情懷，杜甫的形象便無法凸顯出來。地平線在處處無休止的後退，孤雁挾著一聲聲的哀鳴，不停的飛行，追逐過去；不停的目斷天際，不停的盼望它的同伴的出現。漸漸的產生了一種幻境。彷彿間好像看見了它們在前面飛行，耳朵好像再度聽到它們的聲音。五六二句將孤雁心中所潛伏的那種苦苦追逐意識刻劃得十分細微。在「望盡」「哀多」之餘，雖然前途還是虛無的空無一物，恍惚之間不免浮起一縷的希望。但終究是將信將疑，若有若無似的不敢加以肯定。直寫盡苦苦追逐的實況。心理學上，這是種幻想作用❸；藉此人們可以在心靈上獲得暫時的撫慰。宋儒對於人們「志於道」的心理亦曾作過極眞切的體證：望道而未之見，乃眞見。此語和五六二句的精神是完全一致的。其中有鍥而不捨，終身以之的悲壯之情存焉。至於老杜所「望」的是什麼，所「哀」的是什麼，我們可參看一首五律江上。詩作於大歷元年。(作於孤雁詩的前一年)。

江上日多雨，

---

❸ 見徐靜《精神醫學》第三章心理自衞轉機。

蕭蕭荊楚秋，
高風下木葉，
永夜攬貂裘。
動業貧看鏡，
行藏獨倚樓，
時危思報主，
衰謝不能休。

則可知老杜所望在「致君堯舜上，再使風俗淳」❹「許身一何愚，自比稷與契」❺的理想。雖然而今垂老矣，永夜倚樓回首一生行藏，照鏡惜老而嘆一生動業；儘管如此，杜甫仍「不能休」。此中具見老杜篤於忠厚，憤悱不已，既悲且壯的精神。詩句進行到此，形成一個高潮。

於是，孤雁追逐過去，方才自已眼前耳際所產生的幻境全部消失了。祗有一羣野鴨紛紛的鳴噪。第七句的敍述裏老杜夾著他個人的情感：野鴨的「無意緒」代表野鴨不能相對應的了解孤雁之情，亦卽象徵著杜甫晚年好友凋零，無人可以了解杜甫那份蒼涼悲壯之情一樣。也由於「野鴨

❹見老杜奉贈韋左丞丈二十二韻。
❺見自京赴奉先縣詠懷五百字。

無意緒」，野鴨不懂傷心雁別有懷抱，逕自紛擾喧吵，反襯出雁的落寞。在野鴨象徵一般不能肯定人間世的實在，開出擁抱宇宙胸襟的細民之下；一般細民反而以紛擾不清的言語取笑老杜的執著——對於國族深情的執著，在在令人神傷。然則孤雁會因此而止步嗎？杜甫會因此而消沉嗎？不，孤雁必不息的飛行，杜甫必不息的奮鬥，直到形體隕落，成就它生命歷程裏悲壯的結局。

這股正視人的偶然存在，仍鍥而不捨，直下承擔，至死方休的悲壯之情，亦即「知其不可而爲」的精神，同期的詩我們可拿來證明。如五律「中夜」、❻「江漢」、❼「泊岳陽城下」❽等均以此種心情貫穿。

❻ 大曆元年作。前人評曰：「可稱悲壯，而以一朴淡寫之，則悲壯在神情；不在字面。」引自高步瀛《唐宋詩舉要》四八八頁。

❼ 大曆三年作。有「落日心猶壯，秋風病欲蘇，古來存老馬，不必取長途。」句，所謂壯心斗發。見《杜詩鏡銓》卷十九。

❽ 大歷三年作。「留滯才難盡，艱危氣益增，圖南未可料，變化有鵾鵬。」以上乃後半首的四句詩。沈鬱悲壯。見《杜詩鏡銓》卷十九。

三、白萩的「雁」

雁

我們仍然活著。仍然要飛行
在無邊際的天空
地平線長久在遠處退縮地引逗著我們
活著。不斷地追逐
感覺它已接近而擡眼還是那麼遠離

天空還是我們祖先飛過的天空
廣大虛無如一句不變的叮嚀
我們還是如祖先的翅膀。鼓在風上
繼續著一個意志陷入一個不完的魘夢

在藍色的大地與
與藍而沒有底部的天空之間
前途只是一條地平線
逗引著我們
我們將緩緩地在追逐中死去，死去如
夕陽不知覺的冷去。仍然要飛行
繼續懸在無際涯的中間孤獨如風中的一葉

而冷冷的雲翳
冷冷地注視著我們

白萩的雁收於《天空象徵》之內，作品（大約都在二十八歲到三十二歲。是繼《蛾之死》《風的薔薇》之後第三部的結集。）在探討雁一詩以前，我們先來看看白萩在《天空象徵》後記中作者自己的「自語」❾。作者以為「重要的是精神而不是感覺。……我們要求每一個形象都能載負我們的思想，否則不惜予以丟棄，甚至從詩中驅逐一切形容，而以赤裸裸的面目逼視你」。

---

❾ 見《現代詩散論》。白萩著。三民書局出版。

在此，作者很明顯的指出他的詩觀在於表現他「對人生的認識，與生活的感受」❿，而不是膚淺的感覺。因此接著作者道出他的精神風貌：「我還要去流浪，在詩中流浪我的一生。我決不在一個定點安置自己，我的歷程就是我的目的。在地平線外空無一物，我還是要向它走去」。引文中的「歷程」固然是詩的歷程，何嘗又不是作者本身的生命歷程？「在地平線外空無一物」何嘗又不是作者對於人本身有限的存在，在無限的宇宙之中，必定歸於虛無的覺醒？那麼「我還是要向它走去」這般肯定的聲音，該是何等的壯烈激昂？

第一小節。一開始作者即以「仍然」的重出，加快節奏，以直陳的語氣表現出奮鬥的意念。二、三行節奏較緩。第三行作者似乎想用長的字句摹擬地平線的長度。到第四行節奏再度加快，重覆肯定奮鬥的意念。活著即是追逐即是不斷地追逐。人唯有在活動歷程中展現自己，完成自己。最後一行的心理描寫相當於老杜「望盡似猶見，哀多如更聞」的詩句。可謂有心人千古以來的感慨是相同的。在主觀心理上，自己所懸的理想之燈和自己是咫尺之間，觸手可及。但一旦落實在實際工作上，理想和現實畢竟有一段距離。所以，在不斷地追逐裏，理想似乎已經接近我們身旁，雖然，它是種幻像，但它卻是支持人們再追逐過去，堅持到底的動力，儘管「擡眼還是那麼遙遠」。

❿ 見《現代詩散論》中「蛾之死」後記。

第二小節，白萩反躬自省作爲人的一個極限。我們的天空還是祖先的天空。千古以來，我們繼承過去，走向未來，繼續著祖先們走過的道路繼續的走下去。廣大虛無的天空好像千古以來承先啓後的叮嚀。而不可避免的，我們還是會生老病死如同我們的祖先。我們的得是什麼？失是什麼？在這裏，我們以陸游示子聿詩作個例證。

儒林早歲竊虛名，
白首何曾負短檠，
堪歎一衰今至此，
夢回聞汝讀書聲。

作爲人，必須認知；必須活在人文世界，而不可能逃脫其外；同時，接受上一代的叮嚀，建立人間世的功和名，將「意志」化成具體存在的事業。但在時間不可抗的流轉裏，空間無窮的運化中，人間世的一切具體的存在，顯得如何的微小、虛無。彷彿是魘夢般的縹渺、虛幻。「意志」一詞，作者在風的薔薇裏有兩種意思。一個是充滿悲劇感的意志，有悲壯感。另一個意志有殘敗的，無可奈何的意思⓫。「繼續著一個陷入一個不完的魔夢」中的「意志」一方面充滿無可奈何的意味，一方面則透出悲壯之情。陸游在深夜聞子讀書聲，胸中湧起無窮的感慨：孩子將來又要重新走上我走過的道路，我的子子孫孫也都會如此，而所謂的功與名到頭來又是什麼？好悲哀啊！

第三節，前兩行描繪一個偌大的空間，人們是小小的黑點，追逐著虛而不實的地平線。在時間的流轉裏，人們那有限的生命，一個個必消滅在追逐的途中。一切一切驚天動地的成就，終將隨著時間的運化而歸於沉寂。宛如不知覺冷去的太陽。雖然如此，人們並不因此而放棄飛行。「仍然要飛行」的意志，振起第五行、第六行上半宛如死亡、緩慢的音節。這短短的五個字，在此充份的表現由虛入實意志的光輝。即使孤獨的如風中的一葉，仍然要繼續飛行，直到飄落塵土為止。第七節緩慢的音節似乎象徵漸漸接近沉寂的死亡。

最後一節，將天空中的雲翳孤立，作極大的特寫。這種以景截情作結的手法，和孤雁一詩完全相同。天空冷冷的雲翳袖手旁觀的注視千古以來人間世的一切，注視著盛唐，也注視著現在。在此，雲翳的意象，形成極大的空白，宕出不盡之意，使人不覺於「玉壘浮雲變古今」⓬中沉

⓫ 採用風的薔薇中 Arm Chair 及風的薔薇中「意志」的涵義。

⓬ 見《杜詩鏡銓》卷十一登樓。

思，默念。

四、兩首詩的比較

在詩之語言、經驗、思想三個層面的比較，我們主要著重在雙方作者的經驗及思想。而本文即以悲壯之情來涵蓋兩首詩的精神。悲壯一詞，姚一葦先生以爲：「悲壯係來自吾人自覺或不自覺地在面對生存環境與諸般與人類爲敵的勢力之間的衝突中所產生的行爲或反應，而此種行爲的性質含有災難、破壞的成份，給予人情緒之刺激爲痛苦而非歡娛；同時此種行爲必具現意義，即對於人生之態度與哲學，如借用烏拉穆羅的語彙，乃『人生的悲壯感』⓭。在此定義中「此種行爲必具現意義，即對於人生之態度與哲學。」」，我想引用唐君毅先生在談中國文學精神中的「超悲劇」時所作的詮釋：「既嘆其無常而生感慨，而由此感慨更增益深情，更肯定人間之實在。於是形成一種人生虛幻感及人生實在感之交融。獨立蒼茫而憤悱之情不已，是名爲蒼涼悲壯之感」⓮而使悲壯一詞有更高一層的意義。

⓭見《文學評論》第三集。悲壯藝術的時空性格。書評書目出版。
⓮見《中國文化之精神價值》。唐君毅著。正中書局。

構成悲壯的有兩大因素，即個人與環境。而杜甫本身就是詩人氣質，不是功業途中人⑮，外加上亂離漂泊，鬱鬱不得志，終身坎坷，於是晚年俯仰天地，撫今追昔。深覺自己「飄飄何所似，天地一沙鷗」（旅夜書懷）充滿著人生的虛幻。在「萬里悲秋常作客，百年多病獨登臺，艱難苦恨繁雙鬢，潦倒新停濁酒杯」（登高）極目遠眺中，更有番身世悠悠，老駒伏櫪的滄桑之感。然老杜並不因此而否定一切，在孤雁：「望盡似猶見，哀多聲更聞」之後，老杜繼而超轉出體恤萬物，盡破我執的國族深情，其情不可謂不壯矣。但畢竟老去，終歸大地；並且孤獨飄泊，老年猶作客萬里，則不可謂不哀矣。此時此際，老杜的精神已由一個偶然的存在，一躍而爲普遍的存在，悲壯之情存乎天地之間。

至於白萩，我們就他個人在「雁」以前，面對環境所生出的激情來看他精神主流。在蛾之死（十七歲到二十二歲的作品）裏，我們可看出兩組聲音。第一組如羅盤、瀑布、遠方等詩，滿佈白萩鷹揚的氣慨及對生命的期待。第二組如沉重的敲音、落葉、祈禱之後，流浪者等詩，流露出生命之孤獨、凄涼及生命起落之無奈。尤其以「流浪者」詩中所表現無可奈何，渺小之感，李元貞女士以爲隱伏著「雁」一部份的主題⑯。在風的薔薇裏，除了承續第二組的聲音之外，如秋、昔日的、標本獅、雨夜、窗、散去的落葉、風的薔薇等，另外有一組如 Arm Chair、樹、暴裂

⑮ 見《杜詩研究》前言之一杜甫其人。劉中和著。益智書局。
⑯ 見《中國現代詩評論》中李元貞論白萩「天空象徵」裏的「雁」。林白出版社。

肚臟的樹等詩，充滿著意志的張力。而「雁」的精神就延續此種而來。詩中的雁，不再對生存的世界表示抗議。而冷靜下來，清醒的認知自己存在的世界，存在時空形象中不可避免的悲劇。在面對此種悲劇之下，仍然堅定著飛行，該是如何的悲壯。所以推薦者稱之爲「雁」「表現一種歷史的使命，對生命存在的一種觀點，並在時代的魘夢裏，給人以堅守的力量，充分發揮了詩人的新人本精神」⑰。然而「雁」詩中「地平線長久在遠處退縮地引逗著我們」以及「前途祇是一條地平線」所指的「地平線」到底象徵著什麼？「地平線」如果代表「生存」：活著就是爲生存而奮鬥，走出自己獨特的命運，成就自己。如此，白萩「雁」的悲壯之情就氣量方面則比不上杜甫的「孤雁」。由於在天空象徵裏，從「雁」以後，白萩的精神已轉爲消沉⑱，而無法引旁例證明「地平線」有確定高層次的意義：卽翻上擁抱人間世的大悲願。

就詩中意志的張力、悲壯之情這兩首詩是相似的。除了可能氣量的差別外，我們還可以發現，杜甫的「孤雁」以情爲主，白萩的「雁」以理爲主。在這兒，我們可以看出兩者處理方式的過程不同。杜甫顯然以他整個人的胸懷，直接契合到孤雁身上，而不必經過內心的自省；字裏行間跳躍著「任重道遠，死而後已」的儒者深情及體恤萬物的仁心。完全以一股勃然不可滅的情感來感動人。白萩則以個人的認知，悟及人之渺小，透過理智的心維，以冷靜的手法，刻劃生命

⑰《笠詩刊五年詩選》。

⑱見《鏡子與影子》中「雁」的白萩。陳芳明著。志文出版。

中的悲劇意識，讓人在不知不覺中接受生命存在的悲哀而醒悟。我想這應是一向講求意境、物性的古典詩和曲盡物體的現代詩不同的地方。其實這也是重視知性主體的現在，以及重視道德主體的傳統，前者影響現代詩與後者影響古典詩所必然的思維方式。而事實上必須經過知性主體在認知上的一番迂迴之後，道德主體上所顯現的悲壯之情才能落實。

五、結語

所謂「欲能其詩，先得其心」（禪林集句）。本文指出傳統心靈和現代心靈的共同感情—悲壯之情。（即人和世界相連接所產生的肯定聲音）。一則以爲：文學的發展必有其軌跡可尋。繼唐詩、宋詞、元曲以來發展至今的現代詩，是不容置疑，不容否定的。但它必根植傳統，不可能脫離傳統而獨立。杜甫在他的「戲爲六絕句」裏提出他的詩觀：「不薄今人愛古人，淸詞麗句必爲隣」「別裁僞體親風雅，轉益多師是汝師」。蓋一方面接受傳統，一方面去除殭死的部份，後人允爲最中正的態度。

另外則擬以人生之悲壯感，以糾正現代人對於文明與自身之否定，人生之疏離感及失落徬徨的弊病；並且以肯定一切人文化的價值，熱愛人生的態度，堅持生存的意志，成就悲壯的歷程。因人的尊嚴，人性光輝的發揚，就建立在他自己所作的肯定之上。

中國傳統「詩言志」的精神，於今現代詩亦不容否定。當然言志之「志」是廣義的。「言志文學的重點在於表現個人的情感意念，重視個人在整個宇宙中的際遇，亦即是生命的凸顯。眞正好的作品，必然流露出熱切的生命感以及對人類存在的關切之情」⑲。由此，詩人通過人際的衝突、感動；人對自然生命的覺識，而走向肯定人和世界，而臻於和諧之境。法梵樂希亦以爲：「詩的目的，乃在喚起人生最高的一致與和諧」⑳。因此現代詩精神的表現必定逐次的往上發展，決非摻雜生命雜質的狂叫吶喊與哭泣，也唯有如是，現代詩方能開出燦爛的局面。

「雁」是白萩約三十歲的作品，並非白萩詩的最高成就。（當然「孤雁」也並非老杜最好的作品）。相信白萩必定會有更好的作品出現。至於有關白萩的語言，陳芳明在「雁的白萩」一文中有詳細的討論。另外岩上有論「詩想動向的秩序」㉑一篇，對「雁」詩波浪型的詩想有獨到的看法。可補本文未觸及的問題。■

《中華文藝》十二卷五期

按：後收入《中國現代文學評論集》（張漢良主編）

---

⑲ 見《鵝湖月刊》第一卷第十期。蔡英俊「論傳統詩學『詩言志』的精神」。

⑳ 見《曹葆華譯現代詩論・詩》。商務。

㉑ 見《中國現代詩評論》。

姜夔「念奴嬌」和洛夫「衆荷喧嘩」的比較

一、前　言

在中國傳統的抒情天地裏，大自然的一花一草一樹一木無不自如其如生機盎然的盡姸極態。詩人寄情天地，一本心靈底高度感性，推動詩意的想像，揉合人與人之間矛盾或和諧的感動；外體物象，內抒心曲，以五彩秀筆，描繪了瑰麗婉約的藝術境界。而在春水綠波的小塘畔，斜暉脈脈，晚風悲涼中，那翩然蝶舞之醉荷，抑秋水空明裏的枯荷殘葉，自自然然也成爲歷來詩人墨客靈心附麗的風景。

荷，亦名蓮。又稱菡萏，芙渠，芙蓉。早在漢代江南，田田蓮葉已是民間歌詠的對象。在中唐孟郊的世界裏，「芙蓉花」化作男女情感的見證❶，晚唐皮日休的荷花，則成爲詩人冀望男女能心心相映的典範❷。另外從荷葉的生枯，唯美詩人李商隱寄予纏綿悱惻，無法排遣的深層惆悵❸。直如春蠶到死絲方盡。而宋朝黃庚，亦從此著眼，發出人事榮枯瞬變的慨歎❹。到南唐中主李璟的山花子❺，則衍生秋殘、夢殘、曲殘，人在殘年對殘景的無限淚恨❻。均凝神觀照以詠物或自殘敗的情境中，提煉出有滋味的幽情單緒，虛實相涵以傳達個人靈魂眞切的性質。

詞到南宋姜夔（號白石道人），有「念奴嬌」一首以詠荷。七百多年後的現代詩，洛夫有「衆荷喧嘩」一首。兩者皆以細緻微妙的靈視，勾勒方寸間心靈之花的意態。在同屬文學史的背景下，本文擬將異代不同時的詠荷之作加以分析比較，探索傳統血緣及目前現代詩寫物抒情的傾向，並兼談兩者詩觀。

---

❶ 古怨：「試妾與君淚。兩處滴池水。看取芙蓉花，今年爲誰死。」

❷ 重臺荷花：「欹紅婑媠功難任。每葉頭邊半米金。可得教他水妃見。兩重原是一重心。」

❸ 暮秋獨遊曲江：「荷葉生時春恨生。荷葉枯時秋恨成。深知身在情長在。悵望江頭江水聲。」

❹ 池荷：「紅藕花多映碧闌。秋風才起易彫殘。池塘一段榮枯事。都被沙鷗冷眼看。」

❺ 「菡萏香銷翠葉殘，西風愁起綠波間，還與韶光共顦顇，不堪看。　細雨夢回鷄塞遠，小樓吹徹玉笙寒，多少淚珠何限恨，倚闌干。」

❻ 見傅庚生《中國文學欣賞擧隅》頁七四。

二、姜夔的「念奴嬌」

首先我們了解這首詠荷創作的緣起。念奴嬌的詞題記曰：

予客武陵，湖北憲治在焉。古城野水，喬木參天。予與二三友人日蕩舟其間，薄荷花而飲，意象幽閒，不類人境。秋水且涸，荷葉出地尋丈，因列坐其下。上不見日，清風徐來，綠雲自動。間於疏處窺見遊人畫船，亦一樂也。朅來吳興，數得相羊荷花中，又夜泛西湖，光景奇絕，故以此句寫之。

實是一篇生動雋永的小品。「綠雲自動」寫出荷葉清新秀美的神態。底下，我們進入白石的荷華世界。

念奴嬌

鬧紅一舸，記來時，嘗與鴛鴦為伴。三十六陂人未到，水佩風裳無數。翠葉吹涼，玉容銷酒，更灑菰蒲雨。嫣然搖動，冷香飛上詩句。日暮青蓋亭亭，情人不見，爭忍凌波去。

祇恐舞衣寒易落，愁入西風南浦。高柳垂陰，老魚吹浪，留我花間住。田田多少，幾回沙際歸路。

首句「鬧紅一舸」「鬧紅」二字予人熱熱鬧鬧，暖洋洋的感覺，很容易讓我們聯想到宋祁的「紅杏枝頭春意鬧」（木蘭花）。其中的「鬧」字，洛夫有貼切的領會：「『鬧』使這句話的意象整個活動起來，而產生了眞切感」❼。「鬧紅一舸」四字，花（鬧紅）人（一舸）雙寫，如高山滾石不知何來，而收怦然震動讀者心絃的效果。接着「記來時，嘗與鴛鴦爲伴」倒敍過去之景況。而後「三十六陂人未到，水珮風裳無數」再翻寫當前水湄的實景。「三十六陂」是宋人詩詞中常用的虛解之詞，非指實地❽。在另一首「惜紅衣」的詠荷作品中，姜夔則以「問何時同賦，三十六陂秋色」清虛作結。「水珮風裳」四字幽細精美，摹寫了水流的清音玉響，好風的流形飄搖。在李賀「蘇小小墓」的古體詩裏卽有「風爲裳，水爲珮」的譬喻。底下跟著鋪寫下來的六句：「翠葉吹涼，玉容銷酒，更灑菰蒲雨。嫣然搖動，冷香飛上詩句」直逼荷花的精神。向來評價極高。陸侃如的《中國詩史》稱道：「清新絕倫，絕似作者人品」。薛礪若在《宋詞通論》中

❼ 見「試論王國維的『境界』」（收入《洛夫詩集選集》頁一一七）。
❽ 見《宋詞三百首箋注》唐圭璋對姜夔「念奴嬌」一詞中「三十六陂」的箋註。

贊歎道：「寫荷花……都極清幽冷艷，絕無別人妞妮樣子」。「玉容銷酒」的「玉」字，表徵蓮的仙姿冰潔，使人有豁然神醒，作羽化出塵之想。「更灑菰蒲雨」則引來縹緲迷濛的煙雨，加深了「涼」「冷」的觸覺。「嫣然搖動，冷香飛上詩句」彷彿佳人巧笑倩兮美目盼兮而ㄇ吐幽蘭清香。尤其「冷香飛上詩句」曲盡內心純美幽靜的詩意和外在無聲無色流動之花香的融合感。此處就連激烈批評姜白石的劉大杰也要稱這兩句是：「用字最精微深細，造句最圓美醇雅」❾。王國維在《人間詞話》曾極力推崇周邦彥的寫荷：「葉上初陽乾宿雨，水面清圓，一一風荷舉」（青玉案）是「此眞得荷之神理者，覺白石念奴嬌，惜紅衣二詞，猶有隔霧看花之恨」。但事實上，周邦彥只是生動的具現荷之物態而已。尙未及姜夔能捕捉荷花不妖不染的意態。同時「隔霧看花」是白石有意造成的朦朧依稀之美，有如電影鏡頭故意讓人象或物象模糊而暗示某種情境，絕非弊病。

下闋開始，卽以「青蓋亭亭」承住「嫣然搖動」的荷花，並以時間副詞「日暮」拓展懷人惜花的情思：「情人不見，爭忍凌波去」。「凌波」二字出現在賀鑄「青玉案」中是「凌波不過橫塘路」，暗指無仙子凌波而來。此地則反寫荷花之不忍凌波而去，依依牽念。然後作者不禁墜入多情的懷想。「只恐舞衣寒易落」。到此，晚風裏亭亭靜立的荷花，絕似杜甫筆下「天寒翠袖薄，日暮倚修竹」的佳人。娉婷的體態，令人爲之憂心忡忡。緊跟着下面情感逼深一層，明言自

❾ 見《中國文學發達史》頁六三六，對姜夔的批評則見頁六三九。

己怯怕離情別緒的煎熬：「愁入西風南浦」。「西風」是蕭瑟悲淒的意象。如李璟「山花子」中寫道「西風愁起綠波間」。「南浦」則是自古以來具有傷別魂消意味的象徵地點。如《楚辭》「河伯」中有「送美人兮南浦」的字句。後來江淹的「別賦」更清楚的點出：「送君南浦，傷如之何？」。白石將「西風」「南浦」兩個意象並置，構成沉重的悃然傷感。繼而，視境落實到四周纖細的景物：「高柳垂陰，老魚吹浪，留我花間住」。似皆對我生情，均殷勤的欲挽留我。這種從對面寫來的手法，常增加詩思的廻蕩。陳廷焯《白雨齋詞話》以爲此句及上闋的「冷香飛上詩句」都「只算雋句，尙非夐高之境」。末尾滿眼浮動鮮碧的綠荷。「田田多少」則不知有多少？「幾回沙際歸路」則是去意徊徨，內心難下定奪。以不定、無限之景（「多少」）吞吐不定之情（「幾回」）作結，情意隱約不分明，有蘊藉未盡之意。

三、洛夫的「衆荷喧嘩」

衆荷喧嘩
衆荷喧嘩
而你是挨我最近

最靜，最最溫婉的一朵，
要看，就看荷去吧
我就喜歡看你撐着一把碧油傘
從水中升起

我向池心
輕輕扔過去一粒石子
你的臉
便嘩然紅了起來
驚起的
一隻水鳥
如火焰般掠過對岸的柳枝
再靠近一些
只要再靠近我一點
便可聽到
水聲在你掌心滴溜溜地轉

你是喧嘩的荷池中
一朶最最安靜的
夕陽
蟬鳴依舊
依舊如你獨立血荷中的寂寂
我走了，走了一半又停住
等你
等你回頭看我

從《靈河》《石室之死亡》《外外集》直到《魔歌》，洛夫對自我生命的形像闡述道：「十年後，我却像一股奔馳的激流，瀉到平原而漸趨平靜。又如一株絢爛的桃樹，繽紛了一陣子，一俟花葉落盡，剩下的也許只是一些在風雨中顫抖的枝幹，但眞實的生命也就含蘊在其中」⑩。尤其在抒情詩選集《衆荷喧嘩》自序中，詩人剖析自己的創作情境及詩作的特色：「年歲漸增，心境日趨平靜，筆觸也就冷雋多了，有段時期曾側重抒情小詩的經營，每當靈感驟發，某一意象如流

⑩ 又名「我的詩觀與詩法」（收入《洛夫詩論集》頁一五五）。

星閃過夜空，順手拈來，卽得一首，儘量避免大題材的舖陳，語言刻意的雕飾……其特徵在於語法單純，意象明晰，而基調大多輕柔低沉。」頗有繁華落盡見眞淳的意境。同時由洛夫將「衆荷喧嘩」這首詩的詩題作爲名選集的書名，亦可見作者本身對此詩的喜好、重視。

第一小節開始，音節嘹亮。詩人洛夫以倒戟而入的手法，呈現一幅爭吵不休的畫面：「衆荷喧嘩」。這種將衆人間七嘴八舌的感覺轉移到本身根本不會吵鬧的荷花間，劉若愚名之曰「轉移的感覺意象」。有趣的是該書文中接下來的陳述：「這種意象當然出現在中文和英文的日常會話中。例如有人說「喧嘩的領帶」(Lound tie)卽是」⓫可玆參考。第二行和第三行，作者利用口語的叠韻（「婉」「朵」），雙聲叠韻（「近」「靜」），以及「最」字四度反復，增强的語氣，交織成催眠般輕柔、低語似甜美的音調。表現了兩者間的親暱情態。第四行交代事件發生的原由。五行以「我就喜歡……」這種小兒女天眞蠻橫的語氣，溶入詩中說明了第四行行動的心理。並產生親切可愛的情味。

第二小節，作者以頓挫、輕靈的聲調，寫男子調皮、幽默的動作。三、四兩行「你的臉/便嘩然紅了起來」以女子羞赧嬌怯的風姿將蓮之紅動態的寫出來。另外一首「水中的臉」中「池的臉，便一片片嘩向四岸」經營的手法與此相似。「嘩然」是洛夫愛使用之模擬聲響的形容詞。如

⓫ 見劉若愚著杜國清中譯《中國詩學》頁一六五。（幼獅期刊叢書）

「手術臺上的男子」「血／從血中嘩然站起」。五、六、七這三行／驚起的「一隻水鳥／如火焰般掠過對岸的柳枝」所塑造的情景，在古典詩中常被詩人從不同角度來取鏡頭。閒適的王維把握宇宙生機在「驚」字靜動剎那間的表露如「跳波自相濺，白鷺驚復下」（欒家瀨）。「月出驚山鳥，時鳴春澗中」（鳥鳴澗）。另外，杜甫抓住鳥展翅飛出的風景：「鳥影度寒塘」（和裴廸登新津寺寄侍郎）。「白鳥去邊明」（雨四首）。以上的「驚」、「度寒塘」、「去邊明」（「明」字在雨詩中是和「黑」對仗的亮麗色）在洛夫白話的詩中成爲「驚起」「如火焰般掠過對岸的柳枝」的描述。「如」「般」兩個相同程度的喻詞前後出現，純粹是爲了聲音上的和諧、悅耳。第八行起，詩人將遠觀的視線收回專注在咫尺之前的荷花。「再靠近一些／只要再靠近我一點」詩人內在之獨白，情意的律動，宛如男子將戀人滿注熱情的低喚。九、十兩行「便可聽到／水聲在你掌心滴溜溜地轉」是一種非聽之以耳而聽之以心、虛靈攝物的藝術觀照。圓荷上晶瑩玲瓏的水珠「滴溜溜地轉」，簡直欲溜冰般滑出來。而無毫無生氣的淌聚。

第三小節，一二兩行反復了第一小節前三行的意境。第三行「夕陽」類似包孕句的受詞並兼主詞。波底安靜的、通紅的、濡溼的夕陽，承續了第二行「一朵最最安靜的」共通之特質。並且以夕陽之不變的特質構成情境的轉移。「蟬鳴依舊」。時間副詞「依舊」二字在詞中最常見。韋莊有「依舊桃花面，頻低柳葉眉」（女冠子），趙令畤有「春風依舊，着意隋隄柳」（清平樂），以及三國演義中「浪淘沙」的「青山依舊在，幾度夕陽紅」詞人每每借此浮現時間流逝的感喟。在此亦然。尤其擔任了音節上的持續作用。把「高蟬晚樹，說西風消息」的噪鳴和一朵默然不語的荷花結合在一起，形成兩種相反音響的對照。同時「依舊如你獨立衆荷中的寂寂」暗示人荷之間交往時日的久遠。然而對於嫺靜溫婉的荷花，蒼然暮色自遠而至之際，詩人終要辭去而不能永相伴隨。詩篇到此高潮出現，流動着意味深長的情緒。「我走了，走了一半又停住」利用當句翻疊的句法，讓情愫在一前進一頓住間造成張力，將低廻不斷「多情却是總無情」的深情作曲致的呈現。接着下一行以／等你／二字鏗然指出上面「又停住」的目的緊跟着全詩最後一行「等你回頭看我」，從「等你」闢出新境。令人意想不到，又合乎常情，堪稱奇絕。像這種不說自己有意回過頭去反顧，倒說對方頻頻也回頭的目送自己，最能表達了作者念茲在茲無日忘之的綿長情絲。全篇最末三首既見作者性情又見作者寫詩的功力。如落在平常的作者手中，恐怕只是寫「回過頭／看你」而已。在宋詞中洛夫這種手法也都有先例。尤其是柳永「八聲甘州」的下半闋，柳永在「不忍登高臨遠，望故鄉渺邈，歸思難收。歎年來蹤跡，何事苦淹留」一段濃濃的鄉愁之後，力寫「想佳人、妝樓凝望，誤幾回、天際識歸舟」，逆筆生波。含蓄的襯托自已不能已的思念之情。

四、兩首比較：兼談兩人詩論

首先我們了解一下詞的特色：「一、其文小，二、其質輕，三、其徑狹，四、其境隱。」

⓬。詞宜取資微細之景物，陶寫性靈情思。寄興託意幽約深微。尤能達人生芳馨細美不能盡言之情，臻於靈雋深摯的藝境。王國維曾比較詩詞本質上的差異：「詞之爲體，要眇宜修。能言詩之所不能言，不能盡言詩之所能言。詩之境濶，詞之言長」（《人間詞話》）。引文中的詩是指古典詩。並且在詞的流變上，唐、五代詞精美，北宋詞大，南宋詞深。最後我們看看論者對詩詞中詠物作品的觀點。張玉田曰：「詩難於詠物，詞爲尤難。體認稍眞，則拘而不暢。模寫差遠，則晦而不明。要須收縱聯密，用事合題。一段意思全在結句。斯爲妙品」（《詞源》）。蓋詠物詩詞每兼詠懷，詩人詞客大類物我雙寫，以求情景相融，得詠歎情志之極致。底下，我們試從語言、結構、意境三方面兩人的詩觀與詠荷創作上的異同。

一、在語言上。姜夔和洛夫均有相當的自覺。姜夔主張詩要「精思」在詩語上要能推陳出新：「人所易言，我寡言之；人所難言，我易言之。自不俗」「難說處，一語而盡；易說處，莫便放過」⓭。洛夫認爲要「愼選語言，並進而將其捶煉成爲精粹而鮮活的意象」（《魔歌》自序），尤其覺察到：「用生活的語言較用文學的語言更能表現現代的精神，豐富詩的生命」（「試論周夢蝶詩境」）。落在實際的創作上，姜夔以文言及詞本身字句的長短錯落，造成淸麗傷感的氛圍。洛夫則以白話和現代詩字句分行的安排，醞釀出輕柔低迷的情調。兩人都以敏銳易感的靈心，從平

⓬見繆鉞《詩詞散論》中「論詞」一文。

⓭見《白石道人全集》中「姜氏詩說」。姜夔詩論具錄於此，底下文中所引用皆出於此。

常的事物，運用平常的字句，淨化提煉出清新的美感。如白石的「嫣然搖動，冷香飛上詩句」，洛夫的「水聲在你掌心滴溜溜地轉」。

至於在意象的鑄造使用上，傳統因襲的意象⓮是無可避免的。像念奴嬌中的「鬧紅」「鴛鴦」「水珮風裳」「玉容」「青蓋」「西風」「南浦」，洛夫的「夕陽」「蟬鳴」依舊，皆爲前人用過的意象。兩人企圖藉之而喚起讀者熟悉的聯想，以助於整體的氣氛。很顯然的，在此我們可以發現「念奴嬌」中的用字典雅，實字居多。「衆荷喧嘩」裏文字較樸實，虛字較多，因而顯得特別靈活。對於兩首內同樣寫荷佇立的情景，在姜夔的詞裏寫道：

日暮青蓋亭亭

洛夫詩中則是：

（我就喜歡看你）撐着一把碧油傘

⓮「一個因襲的意象正以其非常熟習，更能隨時喚起所希望的反應和有關的聯想。假如詩人使用具有類似之聯想的意象以建造結構緊湊的形象，或者他使用一個因襲的意象而在新的上下文中將用法一扭或是給予新鮮的意義內容……那麼意象是否獨創並不重要」（同⓫頁一七八、九）。

兩相比較，我們不得不承認後者比前者更能將荷的生意動態的傳達出來。實際上，在古典詩的創作也能極荷之生態。類似「一枝出水笑秋風」的造句絲毫不遜色。另外在指稱詞上，白石僅將對象指呼一次「情人」而已，而洛夫却將稱「我」呼「你」的字眼，反復出現七次，彷彿男女竊竊私語以談心，這種字句反復的方式在現代詩中能製造溫婉的情境。至於「衆荷喧嘩」應該是洛夫獨創的意象。

二、在結構上。姜夔主張「作大篇尤當佈置。首尾停勻，腰腹肥滿」。在脈絡呼應上則要「波瀾開闔。如在江湖中，一波未平，一波已作。如兵家之陣，方以爲正，又復是奇；方以爲奇，忽復是正；出入變化，不可紀極。而法度不可亂。」洛夫提出「情感結構」。因爲「詩人卽使要表達思想必須透過情感來表達。換言之，詩的結構就是情思融合所產生的一種有秩序的活動。此外詩的另一構成因素是音樂性，故也可以說詩的結構是一種韻律式節奏結構」（「與顏元叔談詩的結構與批評」）。兩人在「結構」上的意見雷同。不過洛夫强調由「情感」來決定。

詠荷的開始，兩人都突現動態的景觀，讓讀者心驚，而後再點明畫面的原委。王維「風勁角弓鳴，將軍獵渭城」（觀獵），杜甫「素練風霜起，蒼鷹畫作殊」（畫鷹）是唐詩中同樣手法的例證。念奴嬌上半闋，姜夔初寫荷之濃盛，而後寫周遭之清寂，翠葉之涼，花之冰清玉潔，荷香之冷。下半闋從荷之靜，撩起人似花之幽思，設想舞衣之寒，逼出西風南浦之愁，而後縮回眼前之景，孤單迷離之情，和上半闋「記來時嘗與鴛鴦爲伴」之「鴛鴦」遙相對應。至於衆荷喧嘩，第一小節以走近的動作，寫喜愛之情。第二小節以靠近的動作，圖寫彼此深層情意的傾向。最後第三小節開始，重復第一小節前三行男子不變的愛戀之意，再以暗示時間流逝的不易的景物作背景，以離去的動作讓情感動蕩，以止住的動作表露了「相見爭如不見，多情還似無情」的兒女情態。

三、意境上。意境是詩整體美的呈現。姜夔分析詩有四種高妙：「一曰理高妙。二曰意高妙。三曰想高妙。四曰自然高妙。礙而實通曰理高妙。事出意外曰意高妙。寫出幽微如清潭見底曰想高妙。非奇非怪，剝落文采，知奇妙不知其所以妙曰自然高妙。」目前現代詩的發展，大都表現了「理高妙」「意高妙」「想高妙」。洛夫對於意境的詮釋道：「詩貴含蓄而重意境。意境就是詩中的秩序。它是極端個人的，也是極富包含性的」（《洛夫詩論自選集》自序）則沒有白石來的透澈。

意境乃由意象組成。意象的安排是由作者在作品中所站的位置來裁決。而作者所站的位置關係著他個人情感的發抒。底下就依據這個角度來察看全篇意象是否情景交融而構成情調的統一？在念奴嬌的上半闋，姜夔和荷花是二元對立的。作者冷靜的攝取荷花清冷的風骨。下半闋作者轉入惜花懷人重厚的感傷。「只恐舞衣寒易落，愁入西風南浦」的愁緒和上闋「冷香飛上詩句」的典雅清勁無法渾合無縫。這裏正是《文心雕龍．體勢》所說的「若雅鄭而共篇，則總之之勢離」。反觀衆荷喧嘩，洛夫和荷花是等同並立的。作者能出乎其外的澄明觀照，使得通篇的情意在動作間浮現出優美可愛的詩境。如就結尾意境的含蓄來比較，白石的念奴嬌以言盡意不盡的迷離稱雋。洛夫的衆荷喧嘩以出人意外又入人意中的動蕩見奇，兩者都收歸於蘊藉之旨上。設使我們拿白石的四種高妙來研判這兩首作品。那麼念奴嬌是「想高妙」，衆荷喧嘩是「想高妙」「意高妙」同時不見雕琢痕跡，情感純粹，有自然之妙。雖是如此姜夔的念奴嬌仍不失爲佳作。王士禎在「花草蒙拾」中論道：「宋南渡後，白石……，盡態極妍……雖神韻天然處或減，要自令人有觀止之歎」，最後兩句可作爲念奴嬌的佳評。

五、餘論

自宋元以來，白石詞的評語極高如「清空」「清虛」「清綺」「清剛」「清勁知音」「騷雅」「疏宕」「生色眞香」「幽韻冷香」「格韻高絕」「韻趣高奇」，有的或比喻白石詞爲「野雲孤飛，去留無跡」「瘦石孤花，清笙幽磬」「出水芙蓉，亭亭可愛」⑮。其中詠梅的「暗香」「疏

⑮ 見陳澧撰《白石詞評》的附錄（河洛圖書出版）。

影」，詠蟋蟀的「齊天樂」，感懷時勢有黍離之悲的「揚州慢」，都成了宋詞中膾炙人口的精美沈鬱之作。至於「念奴嬌」一首，很少人刻意就全篇來討論它。本文拿它和現代詩「衆荷喧嘩」古今類比以凸顯現代詩的特色。基於以上的比較，現代詩的基本精神由「抒情」走向「主知」⑯。詩人對於景物的透視，情感的細膩體會比前人更加深妙。運思造境，經營意象每每直指現代人抽象心態的幽折曲廻。然則文學史上唐詩以情勝，宋詩以意勝，現代詩要以何者勝？恐怕很難以一語概括。

無疑的，洛夫這首衆荷喧嘩是「意象絢美，素質純粹的抒情詩」，雖是靈妙的好詩，但並非偉大的詩。洛夫自己認爲詩的極致應該是「既具純粹品質而又能把握時代精神與動向的詩」（「中國現代詩成長」），「調整知性與感性，表現生命的流動，既具眞摯性而又含有超越性的詩」（同上）。要有開闊的想像空間以反應時代現實。同時，在古典精神之流的不捨晝夜之奔流下，詩人具有歷史意識以承續傳統的精血並拓展現代詩的流域是勿庸置論的。最後我們拿姜夔創作上精闢的見地作爲現代詩作者的參證：

> 作者求與古人合，不若求與古人異。求與古人異，不若求與古人合而不能不合，不求

⑯ 見林亨泰「現代詩風格與理論之演變」，收入《詩學》第一輯（巨人出版社）。

與古人異而不能不異。彼惟有見乎詩也。

並且以此文作爲洛夫判斷句：「身在現代而心懷唐宋，是無法進入現代文學藝術之殿堂的」（「泛論現代詩」）的適度修正。■

《幼獅文藝》二九四期

鎔成

——從古典詩詞到現代詩

一

在古典詩詞中，模倣是被詩論家所公認允許的。其中包括字句的模倣，意境的摹倣，句法的模倣三類。唐和尚皎然稱之爲偸語、偸意、偸勢三例。唯初雖始於模倣，而終無不期之以鎔成，以達到「前修未備，後出轉精」的藝境。有關古典詩詞中推陳出新，靑藍冰水的佳例，傅庚生《中國文學欣賞擧隅》以及張夢機的《近體詩發凡》一書中均有「論摹擬與鎔成」一章可玆參考。

在此筆者擬從「鎔成」的觀點，就所知的範圍內，考察現代詩中對於古典詩詞轉用運化的情況，自然是無法周全。同時，基於古今人心的雷同，這裏面有些可能是「暗合」。或許作者本身並無師古人之意或古人之詞的意思，特此聲明。

二

余光中在「古董店與委託行之間」（見《掌上雨》頁二〇八）曾將王安石「書湖陰先生壁二首」第一首的三四兩句：

一水護田將綠遶，
兩山排闥送青來。

作示範性的舉例：

山一腳把門踢開，把青色
把青色噴在你臉上

同樣是採用擬人化的手法，我們可以發現絕句柔婉的音節、格式並不適宜表現力的動作。反觀現代詩「山一脚把門踢開」的用脚踢，比起原作「排闥」的用手推，在音義上更能將山所暗蓄的力勁作更生動更強烈的呈現。「噴在你臉上」的「噴」，比起原來「送青來」的「送」，更能將綠上顏面的感受作更臨卽更貼切的表達。

底下，我們看葉維廉《野花的故事》詩集裡有一首「更漏子」。作者捕捉了深夜加工區虛靜的意境，處理得相當成功。其中第三小節第四小節寫道：

月
駭然湧出
驚醒
單身宿舍閣樓上的
一群灰鴿子
滴咕
滴咕
如
水塔上
若　斷若續的

我們可以拿王維「鳥鳴澗」五絕中的三四兩句來作比照：

　　月出驚山鳥
　　時鳴春澗中

對於中天明月的破雲而出「月／駭然湧出」比起簡單的「月出」，是更能凸顯出月冰冷、白亮、逼人的動態。對於灰鴿的「滴咕」，相對於山鳥的「鳴」。而作者卻由「滴咕」引出水塔上「若　斷若續的／滴　漏」，寫出現代情趣的幽微，而有別於「時鳴春澗中」「時鳴」的生機盎然。是現代詩中鎔成的佳例。

底下我們看王祿松在「北方的微聲」(收入《當代詩人情詩選》)詩中第一小節後半的描述：

　　哦，妳可知道？——
　　我已變成一輪徘徊天邊的孤月，
　　在相思裏，夜夜都損減清光。

我們可以很確切的指出這三行詩是襲用初唐張九齡「自君之出矣」一詩中三四兩句的想像：

思君如滿月
夜夜減清輝

在此，我們可以看出作者只是將原作演繹成現代詩句而已，不但沒有賦予新鮮的情味，並且又沖淡了原作精簡的詩質。在「師其意不師其辭」的鎔成上，作者並不成功。

三

此處所檢討的現代詩是將前人的詩詞鎔成小詩。和上面第一部份只是作局部詩行的鎔化不同。首先我們看《大地詩刊》第十四期陳慧樺的「坐看」：

坐看詩
兩敞的窗牖開向蒼茫
突然風也來了

萬竅齊吹吹成一張張小口
看窗外麗日迷漫
無始無終的蒼狗白雲
幽幽穿過松林與耳際
我禪坐的小室舒伸成孤峯頂的岩室
我是在讀偈語而非讀詩
伴著書僮
在時間之長流上的一定點

開頭「坐看雲起時」讓我們聯想到王維「終南別業」的五六兩句：

行到水窮處
坐看雲起時

王維這兩句的意指乃是從水的盡處（卽水之初源），雲的初起，覺察到大自然中一切生命剛初生時那刹那間的純白優美像蟬蛻塵埃之中。而作者陳慧樺却從雲的升起，雲的流動，引出古今的暗喻—那不歇的時間之流。同時由外觀而止於內省，內省自己的生命在時間之流中此時此刻正生存呼吸著。雖然作者能另造新境，鎔成已意。但如果就意境的高下而言，絕無法掩去王維化機一片的空靈意境。

下面我們看陳義芝《落日長煙》中的「念」：

一夜，恍惚
露輕聲滴嗒
驚醒
仍以珠圓凝住秋草的心
支頤
晝
一縷晨起的煙

南宋吳文英「唐多令」詞的開頭有：

何處合成愁，離人心上秋。

的造語。作者將這拆字遊戲的詞句，塑造出冰涼冷雋的意象：「仍以珠圓凝住秋草的心」。「珠圓」和前面的「露」照應。而最後以「煙」的朦朧模糊暗指內在飄忽的輕愁，外在模糊的淚水。

《詩人季刊》第五期楊亭有三首小詩「望」「痴」「悟」。將王國維在《人間詞話》中認爲古今成大事業大學者必經的三個境界所引用的宋詞，作了精準的掌握、融化。我們先看他第一首「望」：

怎麼？今晚的月色如此黯淡
　　星光微弱
依稀可以望見小樓的那盞
　風燈，在簷角
　　兀自搖幌
有一條小路從這裏蜿蜒延伸
　一個寂寞的身影
　　踽踽走來

在小樓上，泡茶飲酒
　眼睛，伸向遠方

對於未來，每個剛踏上人生旅程的熱血少年，都有一份美好的期待。對於理想，都有「欲窮千里目，更上一層樓」的豪情壯志。此即是第一境：「昨夜西風凋碧樹，獨上高樓，望盡天涯路」。然而這首「望」詩的處理並不十分出色。不若第二首「痴」：

月出月落，我日日注視著自己
　鏡裏的容顏
衣帶，無可奈何的變長
　變長，直到最後
　　我被緊緊的
　　　勒住

人生的第二境是「痴」：「衣帶漸寬終不悔，爲伊消得人憔悴」。後三行「變長，直到最後／我被緊緊的／勒住」頗能收「似礙實通」驚愕的效果，使人足思。漸寬漸長的衣帶不只是像原作中作爲憔悴的表徵而已，進一步成爲勒住自己生命的生命線。能將生死以之的痴迷，作有力的呈現。實是鎔成的佳例。

第三首「悟」：

幾番風雨
都成了我記憶裏的碑石
我一次又一次的走回去
尋找最後的自己
所有的碑石都站起來等待
我的脚步
但我已經够疲憊了
已經是太疲憊了，我
無力的倒下
緊跟著我倒下的

是身後一塊碑石
上面，刻著我的名字

第三境是：「衆裏尋他千百度，驀然回首。那人却在，燈火闌珊處」。是人生的了悟。作者運用現代詩中常用的碑石意象，配合著人生的疲乏感，指出了人存在的終極。一切的作爲終將還諸天地，沉默的碑石將成爲自己唯一的見證。在此，我們可以發覺作者楊亭是善於另闢途徑，以顯精采。

四

另外在古典詩詞的運用上，有的只作字句的增減。如《大地詩刊》第十四期李弦的「吾街吾巷」第二首中的三行詩：

每一寸土地都曾歷史過
崚嶒的山形依舊枕著潮聲
柔緩的潮聲依舊枕著舊夢

劉禹錫在他的七律「西塞山懷古」五六兩句道：

人世幾回傷往事
山形依舊枕寒流

比照之下，我們發覺作者將原作「山形依舊枕寒流」的「寒流」換成「潮聲」，且在「山」上加上了「峻嶒的」形容詞，而讓原作中較響的韻律變成較紓緩的音節。在立意上並沒有什麼改變。又楊子澗《劍塵詩抄一卷》詩集中的「謁」，其中有一句：

雨後的鳥鳴是幽山的回響

很顯然是從宋朝王籍的詩句：「鳥鳴山更幽」中改成的。結果也並沒有成就新的滋味，不免有點金成鐵之憾。

此外有的却從詩句中加以扭轉以產生變化。如洛夫的「書之騷動」第二小節（見《創世紀詩刊》第三十九期）：

夕陽無限好而命不好的李商隱
藍田日暖，被成噸的鉛字壓得
兩眼冒煙的李商隱
縱然昨夜的那支蠟燭業已成灰
歷史中仍挾著一滴
固體的淚

洛夫將原本「藍田日暖玉生煙」中帶有暗示淚的「玉生煙」作「兩眼冒煙」意義上微妙的變化。更將「蠟炬成灰淚始乾」作翻案。縱「蠟炬成灰」，然「淚」却未乾。更何況李商隱有一首「淚」詩，到現在仍一直受到人們的詠頌。

同時也有將古典詩句嵌入現代詩中，形成意義上的改變。如羅門的「逃」（見《藍星詩刊》二號）。

第一把箭
便使曠野發出驚叫
翅膀認不出天空來

逃不出天空的翅膀
都躲到雲裏去
却下水晶簾
玲瓏望秋月
其實逃是鏡中的你

「却下水晶簾，玲瓏望秋月」是李白「玉階怨」中的詩句。原詩是爲了烘托三四兩句「但見淚痕溼，不知心恨誰」的動作。在此却成了自我存在抉擇的輔助動作，構成不同的意味。

五

詩貴在創新生色。遣詞立意上不但要「出人意外」爲衆人所佩服，同時還要能「入人意中」，符合衆人都有的文學經驗，得到衆人的共鳴。從傳統中吸收精華，加以銷鎔運化，形成自己特有的風格，是其中最穩妥的方式。杜甫謂「讀書破萬卷，下筆如有神」的「神」正是從「鎔成」上來把握。總不外要人能眞積力久，獨具隻眼，而後精益求精，來開創現代詩壇上更壯麗輝煌的風景。

最後筆者願拿宋姜夔的見地來指出「鎔成」這個觀點創作的態度：

> 作者求與古人合
> 不若求與古人異
> 求與古人異
> 不若求與古人合而不能不合，不求與古人異而不能不異。彼惟有見乎詩也。

其實「求與古人合而不能不合，不求與古人異而不能不異」自然高妙的詩，該是一切詩創作的最高極致。■

《詩人季刊》十期

第三輯＊現代

試談現代詩中數目字的運用

一、前　言

歷來詩詞中數目字的運用不外兩類。一是實數，一是虛數。前者數目確定，後者數目大抵爲約略、不定之辭，而表現出不同的趣味。前者如杜甫「乾元中寓居同谷縣作歌七首」第三首：

有弟有弟在遠方，
三人各瘦何人强。
生別展轉不相見，
胡塵晴天道路長。

杜甫很明確的指出他有三個兄弟，十分清楚。至於後者，如樂府詩中的「艷歌行」：

翩翩堂前燕，
冬藏夏來見。
兄弟兩三人，
流宕在他縣。

作者含糊其詞的敍述「兄弟兩三人」，然而到底兄弟是兩人呢？或是三人呢？作者沒有確指，留給讀者閱讀時不定的趣味，反正就是兄弟幾個人就對了。

二、數字確定

由於時代的要求，數字的使用趨於準確、肯定，因此在現代詩中作者使用數目字大都十分明確。確定時間、空間的長短、距離、大小。如楊牧「水之湄」第一小節：

我已在這兒坐了四個下午了。

沒有人打這兒走過——別談足音了。

以及這首詩的第三節：

風媒把花粉飄到我的斗笠上。
一棵愛笑的蒲公英。
南去二十公尺，

「四個下午」「二十公尺」都不含糊。又如余光中「敲打樂」最後一節中：

中國是我我是中國
每一次國恥留一塊掌印我的顏面無完膚
中國中國你是一場慚愧的病，纏綿三十八年
該為你羞恥？自豪？我不能決定。

作者指出慚愧的病拖到現在已三十八年。作者明確不移的運用數目字，每每能加强詩中的語氣，顯得斬釘截鐵，充滿說服力。

現代詩中這種明確數字的使用例子相當多。至於像「百」「千」「萬」「億」「兆」這些大的數字，常常用在夸飾上，以聳人聽聞，刺激讀者的想像，如羊令野「酒之噴泉」第一小節：

三千丈怒髮，
絞不死一座愁城的孤獨。

以及第八小節：

請敲響三千年石鼓的沉默
自碑碣間摩挲遙遠年代的痛楚。

這邊的「三千丈」「三千年」表面上數字是確定，然事實上並非眞正的怒髮「三千丈」，而是用如此巨大的長度來襯托出底下「孤獨」的形相。又如余光中「西螺大橋」第三節中：

但命運自神秘的一點伸過來。

一千條歡迎的臂，我必須渡河。

作者雖然說「一千條歡迎的臂」，似乎算得很清楚，但在此並不是實指，而是夸飾數量之多。

三、不定之辭

在先秦典籍中，「一二」「二三」「三四」「四五」「五六」「六七」「七八」「八九」等數字使用的例子相當多，而後在樂府詩、唐詩、宋詞、元曲中也每每運用這些不定之詞，以配合音節，呈顯趣味。至於在現代詩中亦然。如紀弦的「休止符號」—哭子豪—第一節：

我還以為這不過是個休止符罷了，
頂多一兩拍，或兩三拍的樣子。

作者用「一兩」「兩三」的數字旨在音節上的效果。在此，如果將「一兩」「兩三」改成「一」「二」的確定之詞，則唸起來的音節較遜色了。又如洛夫的「國父紀念館之晨」一開始：

提鳥籠者二三
練太極拳者七八
蹓狗的婦人轉幾個圈子便走了

作者用「二三」「七八」來表明提鳥籠、練太極拳的人數，並非作者不會算術，算不出到底有幾個人。在此，作者衹是約略言之，表現出廣場上零零落落二三人、七八人的情景。事實上，你此時也無法確定，因當你數時，也許剛好又來了一個或又走了一個人。至於洛夫這種數字運用的方式，在《論語・先進》曾點回答孔子的問話中，我們可以發現：

暮春者，春服既成，冠者五六人，童子六七人，浴乎沂，風乎舞雩，詠而歸。

其中，「冠者五六人，童子六七人」數目字的約略、不定，不正可以表示講這句話人的渾然趣味嗎？曾點他不在乎到底有幾人，他衹憑他的印象來領略、來體會。又如洛夫的「湯姆之歌」第二節後面：

死過千百次
祇有這一次他是仰著臉
進入廣場

這邊的「千百」也無非是誇張的用法，表示出生入死了好多次。但這裡如果將「千百次」改成「千次」，或改成「百次」，在整個音節上就沒有原來「千百次」來得變化、順暢。

四、結　語

數字之明確及不定、約略的使用，在詩詞中各有其不同的效果，如洛夫的「獨飲十五行」：

令人醺醺然的
莫非就是那
壺中一滴一滴的長江黃河
近些日子
我總是背對著鏡子

獨飲者
胸中的二三事件
嘴裡嚼著魷魚乾
愈嚼愈想
唐詩中那隻焚著一把雪的
紅泥小火爐

一仰成秋
再仰冬已深了
乾
退瓶也不過十三塊五毛

詩中第一小節中「二三事件」的約略之辭及第三小節中「十三塊五毛」的確定數字，正表現兩種效果。在此，作者「獨飲／胸中的二三事件」，飲時心事翻騰，好幾件事混在一起，根本不能確定到底是二件事或三件事。因此「二三」事件不是數字的使用，正反映出作者不定、激昂的心緒。至於最後，作者「乾／退瓶也不過十三塊五毛」，明確的數字「十三塊五毛」正表示作者頭腦仍十分清醒，不是那種喝到最後天地顛倒什麼事都不知道的爛醉。於是，就整首詩來看，第一小節中「二三」的不定數目正好和第三小節「十三塊五毛」的明確數字相照應。而也由於最後數字的明確更加令人感受到獨飲時作者心情變化不定的強度。

不管工商業如何發達，一切的數字報導都要求百分之百的精準，但在現代詩的國度裡，數字的運用仍分兩類。確定數目是一類，兩者交互使用，構成詩的特色。前者能表現肯定、確切的說服力；後者能表現不定的趣味或渾然的心境，各有各的作用。我想，這兩類數字的運用方式在詩中勢必存在，甚至不定數字的運用趣味將永遠存在詩的國度中。

《風燈詩刊》五卷三期

比較三首現代離別情詩

——「偶然」、「錯誤」、「煙之外」

一、前　言

「黯然消魂者，唯別而已」（江淹「別賦」）。蓋兩情成繾綣，又怎堪鳳泊鸞飄？離別，永遠是抒情詩中最動人的題材。自詩經開始，離別情詩就在中國文學的圖輿上，展現它美麗的風姿，訴說著兩情間的哀怨纏綿。

離別可以是愛的休止符，情感樂章中的一小段空白，叫人噓唏，叫人驚悸。因它可能是感情的微妙延續，是爲了重逢而强忍分離；同時，它也可能是一種悲劇的結束，愛的琴絃於此鏗然斷焉。然無論如何，離別是爲男女情海中的礁石，千古以來無不激起堆雪的浪花，令人追憶，令人悃然沈思。

於是在古典詩的天地裏，離別情詩的佳篇紛紛如花樹爭發，同樣地，在現代詩的國度中，也悠悠升起離別情詩的嫵媚風景，因這兩者純為抒情傳統的同質發展。

緣此，底下企圖將現代詩中的離別情詩：徐志摩「偶然」、鄭愁予「錯誤」、和洛夫的「煙之外」，試作古今的比較，以及三首詩間彼此精神面貌異同的探討。

二、徐志摩的「偶然」

我是天空裏的一片雲，
偶爾投影在你波心——
　你不必訝異，
　更無須歡喜——
在轉瞬間消滅了踪影。
你我相逢在黑夜的海上，
你有你的，我有我的方向。
　你記得也好，
　最好你忘掉，
在這交會時互放的光亮！

徐志摩❶這首「偶然」除了一開始簡單的暗喻之外，其他均是賦的描述。在實質上，勿寧是接近散文。整首詩節奏十分簡單。可分作前後兩部。前半部的韻脚是「雲」「心」「影」及「喜」「異」，均爲收口較輕的音。後半部則是「上」「向」「亮」和「好」「掉」開口較重的音。整首詩的節奏由輕細易爲響亮，無疑是作者情思轉變增强的暗示。

在古典詩裏，「雲」是個常見的意象。如陶潛的「萬族各有託，孤雲獨無依；曖曖空中滅，何時見餘暉。」（見「詠貧士」）。李白的「衆鳥高飛盡，孤雲獨去閒」（獨坐敬亭山）。「孤雲」成爲詩人身世悠悠，江湖飄泊的影射。另外，李白的「浮雲遊子意，落日故人情」（送友人），杜甫的「渭北春天樹，江東日暮雲」（春日憶李白）❷，「浮雲」「暮雲」是遊子行踪不覊的暗

---

❶ 余光中在「蓋棺不定論」一文中論道：「事實上，從現代文學的標準來看，徐志摩只能算是一個次要詩人(Minor Poet)。以浪漫詩人爲喩……拿徐志摩來比擬拜倫或雪萊，是外行人語。因爲他既無「唐璜」那樣豐富的巨著，也沒有「西風頌」，「致雲雀」，「雲」那樣精純的力作。」（見《望鄉的牧神》頁二六五）。周錦文談論到：「優美的詞句，靈活的描繪，自然的聲韻，完整的章法，不論是看了或讀了，你都會覺得痛快，但經不起觸摸。如果向深一層探視，則對於社會疾苦，人間悲觀，乃至國計民生，在他的作品裏都很難找到影像。從唯美的角度來看，寫新詩的徐志摩確是不朽」（《中國新文學史》頁二三二）。蘇雪林「論徐志摩新詩」一文下結論道：「徐志摩是新詩的奠基石。他在新詩界像後主在詞界，一樣佔著重要的地位一樣不朽。」（見成大《文心》第二期），則非持平之論。

❷ 「渭北春天樹，江東日暮雲」楊倫的小字註道：「渭北公（指杜甫）所在，江東白所在」（《杜詩鏡銓》卷一）。

喻，在唐陶雍的「七哀詩」更明白的寫道：「君若無定雲，妾作不動山」「雲行出山易，山逐雲去難」。徐志摩「偶然」詩中的「一片雲」完全繼承古典詩雲的寓意而來。但徐志摩的「偶然」却從「仰視浮雲馳，奄忽互相踰。風波一失所，各在天一涯」（見李陵與蘇武詩三首之一「良時不再至」）著眼立意。也是這首詩值得推敲的地方。

詩中「我」和「你」在情感的立足點是相互平等，兩人共同分享「交會時」生命中感通而多姿多采的情境。在理想的境域裏，我們無不嚮往兩個單獨的個體能契合成完滿無憾的整圓；即使後來分離，個人依仍不彼此傷害牽葛，自自在在獨立無缺的運轉。很明顯地，徐志摩企圖將「你」「我」間陷溺、糾纏、掙扎的情緒過濾淨化，提升而臻至「不將不迎，應而不藏」（《莊子・應帝王》）之單純晶瑩的心態。蓋所謂愛本身，就是種超善惡的存在。在此以前，你我不相知，却如是的相逢；而後因緣種種，又如是的分離，那麼有何可喜，又有何可悲，更不必說抱歉。人何用念念不忘地去編織殘網，追捕往日歡笑的蝴蝶抑幽傷的黑雲？過去的已經過去，不應有恨！唯有當前眞眞實實的呼吸，才是一切。然則，這是徐志摩徹底的覺悟，抑或詩人理想世界中靈潮乍然湧現？

考察徐志摩「賦」的表現手法，吟詠他詩中飄浮的情感，我們不難發現背後並無一顆沉鬱深厚的靈魂來支撐。鍾嶸《詩品》的序裏提到「若專用賦體，則患在意浮，意浮則文散」的觀點，可用來解說「偶然」的缺失。詩中這份「你記得也好」「最好你忘掉」「你有你的，我有我的方向」超脫情態的傾向，想必是作者浪漫意念輻射外放時，輕輕地逸入虛白理念的境界。參照徐志摩名噪一時的「再別康橋」，我們可以如此的判斷。在五代詞人孫光憲的「謁金門」中曾經浮現這種類似的形態：

留不得也。留得也應無益。白紵春衫如雪色。楊州初去日。 輕別離，甘拋擲。江上滿帆風疾。卻羨彩鴛三十六。孤鸞還一隻。

詞一開頭，作者卽靈光爆破似的作豁達人語，一副雪色春衫瀟然辭去，白鶴一去不復返的飄逸模樣。而後臨風江上，驀見「兩兩鴛鴦護水紋」（李義山「促漏」詩句）的情景，頓時心境急遽逆轉；俯視自己孤瘦的身影掉入冰涼的江上，暗滋年少春衫薄的慨嘆。剛別離時，以為自己有長空任鳥飛的境界，等到外景入睫，則立卽發現自己仍跌進情感的深淵，無法自拔。

三、鄭愁予的「錯誤」

我打江南走過
那等在季節裏的容顏如蓮花般的開落

東風不來，三月的柳絮不飛
你底心如小小的寂寞的城
恰若青石的街道向晚
跫音不響，三月的春帷不揭
你底心是小小的窗扉緊掩

我達達的馬蹄是美麗的錯誤
我不是歸人，是個過客……

楊牧曾撰「鄭愁予傳奇」❸一文，透闢地分析「錯誤」。筆者不擬重述，願從另一個欣賞角度來試探。

「錯誤」詩中的手法先是明喻（如、如、恰若）後是隱喻（是）。而全詩的節奏則一波三折，情緒的起伏越來越高昂。第一節中音調十分柔美婉轉。第二小節開始，「不」字的重出，音節突地增勁。而後，逐次的減緩削弱。到第四行「不」「三月」再度重出，揚升次高潮的音響，往

❸收於《鄭愁予詩集》代序，同時收入楊牧《傳統的與現代的》（新潮叢書）。

後，復音節稍降。第三小節使用響亮「達達」的疊字，第三度挽上剛消歇的音節；最後一字的韻尾也由第二小節悠遠低沉的「ㄢ」音（「晚」「掩」）改易急促哀痛的「ㄨ」音（「誤」）❹緊接著最末一行上半「我不是歸人」，音節高疊而上；下半「是個過客」音調高拔鏗鏘，高潮出現，而以去聲之短促、送氣的舌根音（「客」）戛然截止。彷彿銀幕上人馬不見，馬蹄的聲音迎面逼進，愈來愈大，情緒的波動也越來越激烈；最後放肆的音量消失隱去，到此刻觀衆才喘過一口氣來。

詩境內心理空間的安排，則是由遠而近，由外而內，由大而小。空間一層層的拉近、推入，內心的壓力亦一層層的累聚、加深。鏡頭首先出現千里鶯啼的「江南」，通過田田的「蓮花」池，兩旁並立嬌柔的「柳」樹；小小的「城」拉近，明晰而壯大。接著特寫城內「青石的街道向晚」光色昏黃的畫面，通向城內深深處。鏡頭再慢慢地移過垂掛的「春帷」，最後鏡頭停在小小的「窗扉」。在此，詩中有兩個技巧值得一提。一個是鍊字法「重出迭能」❺第二小節中的第一行「東風不來，三月的柳絮不飛」和第四行「跫音不響，三月的春帷不揭」，各自先後以相同的句法強調「不」字的否定情緒，最後一節「我不是歸人」第五度強調「不」字絕望的心情。有如

❹「收音於「烏」、「庵」，卽『魚、虞、元、寒、刪、先』諸韻之字，皆極沈重哀痛之音」（見傅庚生《中國文學欣賞》頁二〇八）。

❺如「李義山無題詩：『相見時難別亦難』，著二難字，使光陰易過、相晤爲難的感慨，益加深婉」（黃永武《字句鍛鍊法》頁八九：以重出迭能）。

「一寸相思一寸灰」（李義山「無題」詩句）的心境，倍覺詩中女子相思之愁苦。另外一個是「當句翻疊」的鍛句法❻。詩篇的最末一行「我不是歸人，是個過客」，既然否定一絲「歸人」的希望就算了，竟再翻深一筆，說是匆匆的「過客」割裂創傷，豈不逼那女子愁絕直死！並且，詩中男女主角的情感，偏重在男子，同期的作品「賦別」可資佐證。

對於首尾遙相呼應的「我打從江南走過」的「過客」，是全首詩的主要情調。我們不期然思想起杜牧的「遣懷」：

落魄江湖載酒行，楚腰纖細掌中輕。
十年一覺揚州夢，贏得青樓薄倖名。

重遊舊地，又有誰知我這「過客」？青石路上「達達的馬蹄」；是一步一聲聲「錯誤」的響起，追悔意念的昇起。值此夕陽西下，瘦馬過境，豈非斷腸人在天涯？而那「向晚意不適」（李義山「登樂遊原」）的江南女子呢？那「寂寞空庭春欲晚」的多情少女呢？人又何以堪呢？楊牧有一個名詞很貼切稱之爲「浪子意識」❼。

❻ 翻疊的筆法：用翻疊的手法，使原意之上，又復疊層新意（參看黃永武《中國詩學設計篇》談詩的密度第六點）。
❼ 同註❸。

四、洛夫的「煙之外」

在濤聲中呼喚你的名字而你的名字
已在千帆之外
潮來潮去
左邊的鞋印才下午
右邊的鞋印已黃昏了
六月原是一本很感傷的書
結局如此之淒美
落日西沉
你依然凝視
那人眼中展示的一片純白
他跪向你向昨日那朵美了整個下午的雲

海喲，為何在衆燈之中
獨點那一盞茫然
還能抓住什麼呢？
你那曾被稱為雪的眸子。
現在有人叫作
煙

「煙之外」一詩，莊雅州有「從『煙之外』談起」❽的解析文字，底下，筆者亦就其所未詳言的地方予以闡述。

在全篇的手法上，以暗喻（隱喻）爲主，最後以具象徵意味的意象「煙」作結。詩的結構則以古典詩「起、承、轉、合」來聯絡照應，節奏也多富變化。

乍讀第一小節：女子的呼聲如一根水草細弱地嘶喊，滾滾轟隆的海濤却絲毫不留情地吞噬。空間强烈、不平衡的動盪，揭示了女子心潮上强烈不平衡的動盪感。憾情捲浪，撞擊讀者內心的岩岸。晚唐溫庭筠的「夢江南」也有類似悲哀的情境，同樣寫動盪不定的情思：

❽ 見《鵝湖月刊》第三期。

梳洗罷。獨倚望江樓。過盡千帆皆不是。斜暉脈脈水悠悠。腸斷白蘋洲。

只不過洛夫以浪漫奔放的方式淋漓地表現，而溫庭筠以「斜暉脈脈水悠悠」古典內斂的方式抒發心緒。

第二小節開始，卽以重重「潮」的來去暗承第一小節的「濤聲」。接著以二、三行時空跳脫的平行句法：「鞋印——才下午」「鞋印——已黃昏了」和彼此間時間的壓縮：「才下午——已黃昏」了，讓音節增强並跳躍生姿。接下去音節徐徐拉長低廻，時空揉合成一册薄薄的「愛的故事」，翻到末頁，則是沈甸甸的落日西沉。重回首，也只有煙靄紛飛、往事堪嗟而已。

第三小節，以第一行「你依然凝視」托住第二節的「落日西沈」，另開二、三行回憶和現實交綜的光景。「純白」和「雲」成爲過去和當今鏡頭的焦點。透過第三行連續三個「向」的重出，將女子立盡斜陽、望空懷想的神貌，生動地描摩。跟著以對於「海」的責問，將不盡的含意吞吐而出，音節靈動有致。暮靄沈沈寬廣的楚天連著蒼茫的水面上，一盞孤單的燈火黯然睜亮是實境亦是女子內心「茫然」的視覺情境。

第四小節順著女子「茫然」的意緒，自我反問：還能抓住什麼？什麼也無法抓住！於是所有百般無奈、剪不斷理還亂的情絲都滙合攪拌在一起，集中在「眸子」上。而「煙」，成爲曲終時琴鍵上輕輕按下的回響。曲終人已不見，徒留遠際江上數峰青。綿邈的含情追想，惟有重新憑添一段新愁。最後這三行「你那曾被稱爲雪的眸子／現在有人叫作／煙」，則是從義山「錦瑟詩」的第三聯奪胎換骨出來（爲現代詩裡活用典故的佳例之一）：

滄海月明珠有淚
藍田日暖玉生煙

「煙」和「淚」是各句中的關鍵字。「煙」和「淚」表面上彷彿是兩不相干的孤立意象，但在朦朧氛圍的溝通上，眼眶裏模糊的淚水和外在飄渺的煙終能情景交融。煙是淚，淚亦是煙。洛夫以「煙」的意象總結詩篇，藏鋒不露地象徵女子幽深環曲的古典之情，有種悲涼的美感浮升在「煙」之外。

五、三首詩的比較

在創作的年代上，徐志摩的「偶然」出現最早，寫於一九二五年左右。鄭愁予的「錯誤」較晚，在一九五三年。洛夫的「煙之外」殿後，在一九六五——六七年間。徐志摩的「偶然」已譜入歌曲，傳唱到今日，鄭愁予的「錯誤」及洛夫的「煙之外」均爲膾炙人口的名篇。依據以上創作年代的先後，這三首離別情詩的抽樣比較，應可以看出些現代詩發展的部份軌跡。

首先，就詩篇中的時空背景：「偶然」在黑夜的海上。「錯誤」在向晚的青石街道。「煙之外」在黃昏的海之湄。和古典詩詞裡的時空選擇完全一致，皆適宜蘊釀別離的氣氛。

節奏方面：「偶然」是二部簡單的對位法。明白清楚。「錯誤」是略規則的曲線上揚，末尾高亢的心緒停在半空。「煙之外」則不規則地縈廻繞繚，幽深的心緒一直徘徊、廻盪不去，這種節奏的趨向，和小詞、中調、長調之詞的流變雷同。

意象的處理手法上：「偶然」以賦爲主。唯一的雲的隱喻是沿習傳統的用法。「錯誤」明喻隱喻兼施。作者利用古典詩詞通用的意象如容顏、東風、柳絮、春帷、窗扉、過客等；透過形式上節奏，技巧的掌握，寫出作者流浪的浪子情緒。「煙之外」以隱喻爲主。意象較爲豐穎。如書、落日、純白，雲、燈、雪、煙的呈現。尤其能將義山的名句鎔鑄運用，且並不比原來的效果差。

以詩含蓄的觀點來看：「偶然」一淸二楚。「錯誤」以餘憾生情。將前面兩小節蘊蓄的情感在最後第三小節中噴薄而出，辭盡而意不盡。「煙之外」則將無法排遣恍惚的情感，在意象與意象的突接間烘托出來。最後，將沸騰沸積的情感全部停頓在「自在飛花輕似夢」虛靈的煙上，顯得語意未盡，特別的悠揚廻環。

從以上的比較，我們可以發現現代詩的技巧越來越高妙縝密。作者的「辭」可以勝「情」。

但從詩中男女主角彼此感情所佔的比例來察看，我們可以看「錯誤」「煙之外」裡，前者男方及後者女方自我形象的成份很重，各自陷溺在情感上打不開的死結中。而不是男女站在同等的精神天秤上，即使緣盡亦不能不黏不滯各自超拔出來。雖然，徐志摩的「偶然」並非現代詩壇的經典之作，然而詩中所提示之情感昇華的指向，是我們深思考慮的。

六、結 論

王國維在《人間詞話》說道：古今人之成事業大學者必經過三個境界。第一是「昨夜西風凋碧樹，獨上高樓，望盡天涯路」。第二個則為「衣帶漸寬終不悔，為伊消得人憔悴」。最後，登上「衆裡尋他千百度，驀然回首，那人却在燈火闌珊處」的悟境。歷來的詩詞，大都在第一層次第二層次上顯精采，將「人際關係矛盾下的感動」❾作刻意曲盡的描繪。「怨」，成為詩人創作的主要動力。但人畢竟要成長，精神面貌最後必將翻上「人際關係和諧的感動」❿，達於「群」的昇華之境。這種境界絕非「欲將沈醉換悲涼，清歌莫斷腸」（晏幾道「阮郎歸」）的片刻瀟灑，亦不止於「此水幾時休？此恨何時已，只願君心似我心，定不負相思意」（李之儀「卜算子」）的

❾❿ 見廖蔚卿「鍾嶸詩品析論」一文中「可以羣、可以怨」「羣」字「怨」字的新解（收入《文學評論》第一集）。

持久涵容，而是「誰怕？一蓑煙雨任平生」「歸去！也無風雨也無晴」（蘇東坡「定風波」）出乎其外，再回過頭來悲憫地投入苦難人間世的境界。

現代詩人常津津樂道的引用「詩有別才，非關書也，詩有別趣，非關理也」，大談禪般的妙悟。但事實上看偏了嚴羽詩觀的全面。因爲緊跟著下來有一段文字道：「然非多讀書，多窮理，則不能極其至」。嚴羽仍舊注重「學」「識」「才」三者的關連。另外劉勰在《文心雕龍》裏亦已指出：「積學以儲寶，酌理以富才，研閱以窮照」（神思篇）「學」、「識」、「才」三者必備。尤其在事類篇中指出「學」和「才」的關係：「才爲盟主，學爲輔佐」，更被推爲善論。值此現代詩的遣詞造句日具丹彩美感時，我們不得不在展讀悽惋哀情之餘，重申重視「才」「學」「識」三者的融合，提煉出人生的智慧，以生命的活力奔赴更偉傑的力作，以免游泊無根，淪入玩弄光景的詩思而已。■

《綠地詩刊》九期

洛夫詩中的色調：黑與白

一、前　言

詩，是詩人內心世界一切無聲、無色、無形心理的外現。因此，詩篇中跳躍的色彩、意象，以及聲音，無不閃爍着詩人的影子。緣由個人環境順逆的不同，際遇得失的差異，個性剛柔的互出；於是每位詩人，都有他本身獨特的色調，經常出現的特殊意象，特別屬於自己的聲音。譬如晚唐詩人中蒼白的李賀，特別偏好白色。不羈的杜牧特別愛用「碧」字。浪跡天涯的溫庭筠則好用暖洋洋的紅色。又如魏晉的詩人阮籍，詩中滿佈形形色色的飛鳥意象，其中流動着一片憂思之音，畢顯他個人精神的抑鬱痛楚。因是，我們可以從詩人詩中常見的顏色和他所塑造的意象，來反溯詩人幽微的內在世界，把握他整個風貌的特色及蛻變。

在詩的歲月裏走過二十多年的洛夫，是當代詩壇的驍將。從最早的《靈河》到《石室之死亡》、《外外集》、《無岸之河》、以及最近的《魔歌》；每本詩集就像一記響鑼，無不重重的震盪讀者的心靈。當然，一册一册的結集，無疑是詩人一次又一次的成長。在《無岸之河》《魔歌》《衆荷喧嘩》（洛夫抒情詩選）的自序中，詩人洛夫都先後分析自己心境的異向，風格的演變。雖然如此，每一首詩莫不是出自洛夫生命情采的昂揚，「嘔出心乃已」似的吐絲。儘管洛夫在龐大的詩作中如何的變化，我們仍可發覺他生命全體的整個傾向，亦卽他個人生命的基調。黑與白的色調及以此所鑄出的鮮明意象，可以說是洛夫刻意經營的符號世界，比起其他詩人而言，黑與白最能表現洛夫詩的整體氣氛，筆者擬從洛夫的五本詩集中這特出的色調、意象來看洛夫對於存在情境的探索和詩人自身的覺識、體認。

在一首「小島上」的詩中，二十幾歲英發的洛夫自述道：

> 摔碎那塊在暗室專為自己畫像的調色板
> 檢點行囊，默默數着征衣上的砂粒
> 如種子種在地層下細數着復活的日期
>
> （「靈河」頁一一七）

這種摔碎詩人本身調色板的浪漫理念，是值得喝采的，但是無論如何，詩人的調色板是摔不碎的，也不可能摔碎，除非他放下筆不寫。而詩人洛夫正一筆一筆的勾勒自己悲愴的心象。

二、洛夫的「黑」

面對戰爭的陰影，自「石室之死亡」（底下簡稱《石》詩）以下，洛夫正視了作爲人潛在的悲劇與現代生活的情境，進而探索人生之終極，宇宙之初始兩大問題。詩人以深切的生命感受，豐繁稠密的詩質，濃厚陰暗的色彩，凝成一聲聲哀痛的吶喊。我們看詩人的「哀歌」之自我描述：

我的面容展開如一株樹，樹在火中成長
一切靜止，唯眸子在眼瞼後面移動
移向許多人都怕談及的方向
而我確是那株被鋸斷的苦梨
在年輪上，你仍可聽清楚風聲、蟬聲

（《石》詩頁三三）

把生命比作樹，把生命的律動當作一種「火」的焚燒，是洛夫詩中一個主要的意識形態。「移向許多人都怕談及的方向」該是洛夫自我期許的霸氣。然則「人都怕談及的方向」是指什麼？李英豪論道：「洛夫詩的最大特色之一是重『原始之存在』（Prime being），這內向的原始存在顫慄於黑色的誕生死亡與溝通；充滿鬱雷般徹空的音響和勁度十足的動作。」「在《石》詩及其續稿中，沉痛的呼喊和黑色似乎成爲不可分的意象……黑色這調子構成作者顫悸於死亡，戰爭和愛慾……」（論石室之死亡）可以說說盡了洛夫黑色的底蘊。底下，我們陳列洛夫「暗示多於姿態·動力多於靜態感呈現」「自身俱足」的有關黑的意象。如：

你的身子是昨夜
不管誰在顫動，一靠近則飲盡了黑色　（《石》詩頁六七）
房中，所有的黑暗都在醞釀一次事變　（《石》詩頁八〇）

以上的「黑」均屬於「性」的神秘意象。又如：

在清晨，那人以裸體去背叛死
任一條黑色的支流咆哮過他的脈管
我便怔住，我以目光掃過那座石壁
上面卽鑿成兩道血槽　（《石》詩頁三三）

哦母親，那條黑河又在我們的脊背上流過，四足翻踢
痛楚由左岸竄向右岸，而後集中（《外外集》頁七五）

光在中央，蝙蝠將路燈吃了一層又一層❶（《石》詩頁三七）

一塊綉有黑蝙蝠的窗帘撲翅而來
隔我於果實與黏土之間
彩虹與墓塚之間（《石》詩頁五四）

一傘之黑
一泡沫之盲
一匹獸一床咆哮的夏季（《魔歌》頁七一）

---

❶張漢良先生「論洛夫後期風格的轉變」一文中，提出「石室之死亡」中，最成功的意象，便是文學中屢見不鮮的「光明與黑暗的對立」是精闢之論。

無非走廊上令人心悸的黑傘
無非午夜一盞燈
　在唱宇宙之歌　（《魔歌》頁一七五）
額上撐起黑帷，如淚在頰上棲着　（《石》詩頁七六）
一襲黑雨衣就永遠如此地滑落　（《石》詩頁七〇）
一朵黑水仙
由河面升起如一披髮的少婦　（《無岸之河》頁三三）
正午，一匹黑貓在屋脊上吃我們的太陽　（《無岸之河》頁一三六）
從水聲裏
提煉出一縷黑髮的哀慟　（《魔歌》頁一三四）

一朵菊花在她嘴邊
一口黑井在她眼中　（《魔歌》頁一四三）

「黑色支流」「黑河」「蝙蝠」「黑傘」「黑帷」「黑雨衣」「黑水仙」「黑貓」「黑髮」「黑井」等繽紛的意象，均是「黑」的變形而予以不同姿態出現，可見洛夫多層次的聯想，意象之强烈、豐富。其他像：

誰的田畝中遍植看不見的光輝
你們原該相信慕尼黑的太陽是黑的
（《石》詩頁六一）

從此便假寐般臥在自己的屍體上
且在中間墊一層印度的黑色，任其擴展
任其焚化，火葬後的黑色更為固體
（《石》詩頁八二）

這時向日葵彎下了身子
将你熾熱的臉

一把捧起
天空正以一大塊黑色
宣佈死亡

（《魔歌》頁六〇）

還有作者對於戰爭的譬喻：「戰爭是一襲摺不攏的黑裙」（《石》詩頁五六）「戰爭，黑襪子般在我們之間搖幌」（「石」詩頁七三）等，詩篇中一大塊一大塊黑色的出現，豈不是意味着「詩魔」對於亘古魅影的全面感受？在此，黑色及其意象正暗示着死亡的猙獰、恐怖，死亡的毀滅性和死亡的嚴肅。同時洛夫黑色的色調正是一種原型色彩，而構成一個象徵的視景，普遍地指向原始的混沌、潛意識、神秘不可知境的、邪惡陰鬱等內涵。它像一根鋼針，刺痛我們內心深處的盲點，引起我們對平常不喜歡觸碰的問題，深思、默念、激盪……

三、洛夫的「白」

我們知道，如果一幅圖畫中沒有對比很强的相異色來互相對照，那麼它讓人所感受到的刺激不會很强烈。而洛夫，正採用對比最强的「白」來釀造詩的整體畫面，展現詩人生命的原姿。一般人常忽視洛夫這個重要的色調，首先我們來看「白」的第一個意指。

地層下的激流
湧向
江山萬里
及至一支白色歌謠
破土而出

（《魔歌》頁一三五）

把我溫柔地殺死吧
用你那嫩葉上
純白的
露滴

（《魔歌》頁一五六）

很顯然「白色歌謠」「純白的／露滴」是「性」的意象。除了本文所提出的「黑」「白」之外，洛夫其他「性」的意象層出不窮，我想看過洛夫詩的人必能察覺。底下，我們看洛夫的冷「白」：

從灰燼中摸出千種冷中千種白的那隻手
舉起便成為一炸裂的太陽

（《無岸之河》頁一三三）

茶几上
煙灰無非是旣白且冷
無非是春去秋來
（《魔歌》頁四二）

你哀傷的血　亦如
你化灰後的白
（《魔歌》頁一七三）

以上「冷」，「灰白」之「白」成爲死時淒涼的意象。然而，洛夫對於白有更進一層的感悟：

且在它的室內鑿另一扇窗，我乃讀到
橄欖枝上的愉悅，滿園的潔白
死亡的聲隻如此溫婉，猶之孔雀的前額
（《石》詩頁四四）

至於那潔白的屍
撥火的手
——都是焚城前所發生的
（《石》詩頁五四）

潔白得不需要任何名字
死之花，最清醒的目光中開放
我們因而跪下

（《外外集》頁一二四）

詩人面對死亡的必然性，他由人之必死的悲哀中跳出來，死亡，成爲昇華、淨化後的潔白，一個親切的對象。詩人於此，再進一步反溯人生初始的「空白」之「白」：

飲於忘川，你可曾見上流漂來一朵未開之花
故人不再蒞臨，而空白依然是一種最動人的顏色

（《石》詩頁六）

峰頂上的那塊石頭
誰蹲在上面並不要緊
問題是：
誰是被雕着的
空白

（《魔歌》頁一〇三）

「空白」之「白」成爲生命的原質：單純、純白，正代表一股昇起的精神生命：

如此勇狠，如此於大理石中的白征服成為慾望
成為主題，成為衆人的掌聲，成為擂向死亡的拳
成為舞者之舞

（《石》詩頁八二）

而我的額上
流着的白色樹汁啊
何時才能洶湧成一枝花蕊

（《魔歌》頁一〇二）

我匆匆跑去抱緊一棵樹
我隱聞樹汁在體內咕嘟咕嘟吐着白沫

於是，「白色」成爲洛夫的「一種信仰」（《魔歌》頁一〇二）的意義。因爲，白色已具有生之初的純白，死之後昇華的潔白兩層深意。而後，我們再看「對話」一詩：

我們的對話
白色的
宇宙性的
我們的舌頭
未穿任何衣裳
也是白色的
宇宙性的
那麼，就讓我們糾結的頭髮去沉思吧

我們將可以把握，爲什麼要「糾結頭髮去沉思」屬於「白色的／宇宙性」的對話？「白色」該是詩人經過「山不是山，水不是水」後所嚮往明淨潔白，與宇宙爲一，溶入無限時空的和諧境界。

四、洛夫的獨特意象：「白楊」

白楊意象的使用，在東漢末年無名氏「古詩十九首」中已經出現了。白楊是中國傳統的意象。第十二首：

驅車上東門，還望郭北墓
白楊何蕭蕭，松柏夾長路……

以及第十四首：

……古墓犂為田，松柏催為薪。
白楊多悲風，蕭蕭愁殺人……

其中，蕭蕭白楊，白楊悲風，指出白楊是一個淒涼的死亡意象。在「踏青」中，詩人最早提到白楊：

吹着一些風，白楊遠遠地搖着迎接的臂
你來了，來拾取溪澗的花影，墓地的哭聲。

（《靈河》頁十九）

在「踏青」詩最後：「時間的驛車已轆轆遠去，讓死亡的死亡／聽！深山在向你發出嚴肅的召喚」，揚起年輕洛夫的理念之音，但此時詩人對白楊尚未有深刻的體認，到了《石》詩，白楊傳統意象所存有的悲涼清冷的氣氛則整個烘托曲顯出來：

那是一陣子清明節，我們在碑中醒着
哭着的人愛種白楊，把我們倒轉來栽植　（《石》詩頁六一）

到了《外外集》，白楊變爲詩人所認同的同類，正是一棵樹的悽愴呼喊：

誰願意栽一株白楊在無定河邊日夜瀟瀟
讓我們的隱痛在泥土中發聲　（見「雪崩」一詩）

詩人對於白楊死亡痛苦的感受，和第三節中的冷「白」相同。到《無岸之河》，白楊的死亡象徵已因詩人的意識略有改異：

那漢子仍肅然而立在H鎮上
一株白楊繞着他飛
偶然仰首

從煙囱中飄出來的是骨灰
抑是蝴蝶

（《石》詩頁十三）

白楊固然象徵死亡，但詩人接下去問：「骨灰」（死亡）眞的是死亡？死亡也許只是個人在宇宙流轉中的一個過程。一旦死亡，也許卽將幻化爲蝴蝶或其他形象也未可知。正是《石》詩中，詩人領悟到：「唯灰燼才是開始」。因此到了《魔歌》，白楊的內蘊起了重大的轉變。在原有死亡的意義上，洛夫加上他個人的新義。是我們了解洛夫精神面貌，不可忽視的小詩——「焚詩記」：

把一大叠詩稿拿去燒掉
然後在灰燼中
畫一株白楊
推窗
山那邊傳來一陣伐木的聲音

在中唐，找個詩人也有焚詩的記載：「張籍取杜甫詩一帙，焚取灰燼，副以膏蜜，頻飲之曰：令吾肝腸從此改易。」（《雲仙雜記》）然則這種焚他人的詩以改肝腸，是喜劇性的。但對於寫一首詩等於吐一口血的洛夫而言，焚自己的詩，這是何等不堪的情境，其中的悲劇性該是如何的劇烈。《衆荷喧嘩》的自序中，洛夫即自道他的小詩是「俯仰之間，透出一股豪情難伸的愁緒」。「焚詩記」亦然。在早期一首「生活」詩中，詩人曾表現在現實生活中的落寞：

然而咳！抽屜裏只有賣不掉的詩
我無言關起窗子
任北風訕笑而過

（《靈河》頁三二）

但在「焚詩記」中，詩人於落寞之餘，却「在灰燼中／畫一株白楊，揚起一股勁力。」此處的白楊，就像蹈在烈火中焚燒的鳳凰永恆地昇起。它是詩人再生的肯定，是詩人在否定之後翻上來的信念。不再是「邏輯之外」的「活着就註定要吃要命的十四行／翻到最後一頁還有他媽的十四行」（《外外集》頁八）這種憤怨的心緒。灰燼中的那株白楊，可以說是洛夫生命的形像，洋溢着蒼涼執着之情，雖然外界曾砍伐白楊的聲音（攻擊現代詩的吆喝）傳到詩人的耳際，但詩人終一本對詩的熱愛，屹立不屈。

五、洛夫的「雪」的性格

首先我們看洛夫有關「雪」的譬喻義：「他的聲音如雪／冷的沒有一點含義」（《石》詩頁四十）。「雪的聲音如此暴燥，猶之鱷魚的顏色」（《石》詩頁四四），「那漢子是屬於雪的，如此明淨／如光隱伏在赤裸中，韓國舞之白中」（《石》詩頁九五），由上面三個例子，我們可以知道洛夫的「雪」的涵義是「明淨的」、「冷的」、「暴燥的」（按：雪的內部是熱的）。同時，詩人在「巨石之變」中，自我唱道：

如此肯定
火在底層繼續燃燒，我乃火
而風在外部宣告：我的容貌
乃由冰雪組成

具見詩人的性格是由外表之冷和內心之熱的組合，二者相抗相反，構成洛夫詩中隨手可拾的張力，透顯陽剛逼人的氣勢，在「雪」一詩中，詩人對自己作一個二十多年來的總回顧與前瞻：

一隻驀然伸到我面前的手
一隻驀然
白得如此單純而又複雜的手
（《魔歌》頁一六六）

詩人的外表實在是單純的，但詩人的內心却是不時湧現衝突糾葛，而洛夫正視自己之後，並對宇宙終極有所感悟。和第三節「白色信仰」的「白」內涵相同：

我忽然懂得了水的意義
事物的最冷處
亦是事物的最初處

可是詩人所畢生追求的境界，一般人每每不懂，動輒以晦澀稱之，詩人感歎道：

對誰都一樣
白色畢竟是一種高度的語言

解凍可能是最佳的表達方式

而後，詩人不免疑惑：

融雪之後，不知我的面容
是否仍白得如此晦澀，如此複雜

在「水曜日之歌」詩人描述自己的近況：

我的心房
正逢融雪季節
而面孔一向埋在水中

以上的「融雪」，正代表詩人要流向廣大的生活原野，流向廣大的人羣，洛夫「雪」的解凍，正是詩人心路發展的自然趨向，如《魔歌》自序所說的：「十年後，我却像一股奔馳的激湍，瀉到平原而漸趨寧靜」。然而，詩人屬於「雪」的自負，那份惆悵亦狂的情采，是不容輕視的：

有人試圖在我的額上吸取初霽的晴光
且又把我當作冰崖猛力敲碎
壁爐旁，我看着自己化為一瓢冷水
　　一面微笑
　　一面流進你的脊骨，你的血液……

（《石》詩頁三八）

無非一座冰山沿着脊柱骨猝然下崩

（《魔歌》頁一七七）

你們都來自我，我來自灰塵
也許太高了，而且冷而無聲

（《魔歌》頁一九二）

噢，牆上那位獨釣寒江雪的老漢
將餌扔過來
——妻以半啓的眸子噙住

（《無岸之河》頁三一）

以「冰山」「冰崖」自喻，「你們都來自我」「我看着自己化爲一瓢冷水／一面微笑／一面流進你的脊骨，你的血液……」，洛夫飛揚拔扈，冠蓋京華的期許，可以想見。又由牆上一幅「獨釣寒江雪」圖，將自己和老漢合一，亦卽是和柳宗元的獨釣合一。「獨釣」二字正透露出詩人生命中的寂寞與一股永不屈服的理念和勁力！

另外「雪崩」（《外外集》）一詩，是洛夫對覃子豪先生的哀悼，並且將作爲詩人的形象歷歷繪出，詩人張默有「試論洛夫的『雪崩』」（收入《飛騰的象徵》一書）一文作詳盡的剖析闡述，可供參考，筆者不再蛇足。

六、「黑」與「白」

最後，我們看「黑」與「白」的配色所構成的意蘊：

足趾輕擊，你仰泳維持一顆星的方位
偶一翻身，便隱失於不白不黑的悲哀

（《石》詩頁七二）

「不白不黑」是性慾之後不可言喧的悲哀，是一種不淸不白的酸楚。

黑
是一種過程
變白是另一種
太陽受精
於大地的湧動中
（《魔歌》頁九七）

張漢良先生認爲其中的「黑」與「白」是承襲「石」詩光明黑暗的對立。又：

可憐的顏色，天空在最白時死去
明日你定會認出那盲者盲者之中
除了黑，夜還剩些什麼
死乃至美，如叩門的手
以啄聲引誘
（《外外集》頁三六）

衆葉俱白，而黑暗降伏了另一面
我們是同一音階的雙鍵
（《外外集》頁七一）

你升
我降
你白
我黑
（《魔歌》頁十六）

而嘯聲
已是昨日的白山黑水
（《魔歌》頁六六）

他溶入水中的臉是相對的白與絕對的黑
（《魔歌》頁一四四）

筆者以爲以上的「變白」「最白」「俱白」「你白」「相對的白」之「白」均影射生命的短暫，一種短暫的過程。「黑」影射必然死亡的寂滅。而永恆宇宙的單調色澤，却涵蓋了詩人對「白」理念的終極。一切的一切，在亘古悠悠的宇宙的鞭打下，只是生命的消融，終將呈現「白山黑水」的悲愴，黑與白的構圖，眞是好酸楚的色調哦❷。

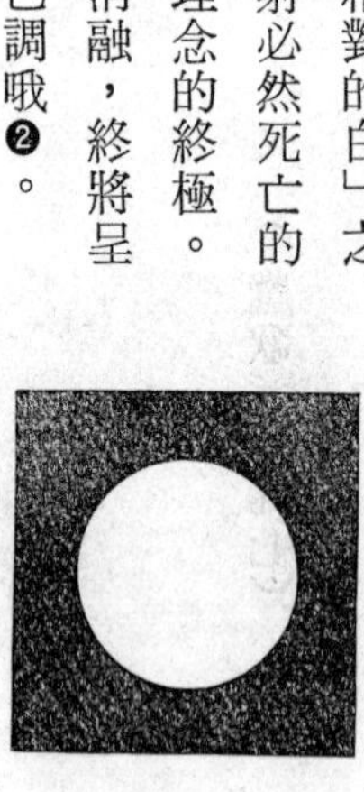

❷ 筆者以爲下圖，可以當作洛夫詩的一個縮影。

洛夫在「石」詩中點出：「這色調好酸楚，常誘使我們向某一方位探索」（頁七一），是一針見血的描述。是的，人追求無限的原始心願普遍地存在每一個人的心底，然則一輩子的追求如之何？終被「黑」所掩蓋……

七、結論

「燃燒」是洛夫生命律動的寫照，也是造成洛夫對黑與白色調之强烈感受的原因吧！黑與白可說是洛夫的生命美學，洛夫成長的暗示，同時，是洛夫刻意經營之符號系統的關鍵字，不明白洛夫詩中的獨特色調，恐怕很難扣緊洛夫輻射性的精神的異途指向。

洛夫整體詩的氣氛，就是呈現這種黑與白的酸楚的意味，根據歷來詩人生命層次的自然趨向，必定由張揚發皇而歸於沈潛內斂，但洛夫這種黑與白的色調能夠消除嗎？是否能呈現純白般渾然的意境？筆者願拭目以待。

那雙挽住夕照霞光的眼

—評陳義芝詩集《青衫》

一

風簷展讀「青衫」，竟走入今昔交會的緜渺時空，纏綿與寫實相契的綺麗世界，到處浮動典雅的暗香，湧現現代詩人眞切而深遠的感懷。於是我們看到詩人本諸溫柔敦厚的詩教、情理交融的體悟，踏出自己肯定的獨特風姿；以含蓄而飽滿的彩筆，踏出辛勤凝鑄的秀媚天空，遙承中國詩的抒情傳統。其中得失，可自鍛字鍊句，音節設計，立意謀篇三端，加以言之。

二

古典詩詞是羣言之珠玉，文思之奧府。詩人涵泳其間，深造自得，自精通各種詩藝。或擬人物以翻新意象，或貼切引喻以鑄偉辭；或精約寫眞，一字而多義；或推陳出新，以常字見巧；於是警句佳例，隨手可拾。

以擬人化而言，如「那雙挽住夕照霞光的眼／別後，一直浸浴著我」（讀信），以「挽」住霞光的具象動作，烘托出那雙眼的明亮、淒美，十分鮮活；再加上「挽」和「眼」間隔疊韻，更使得詩句溫婉可誦。又如「剖開胸膛／血放聲而哭」（開刀記），以有聲之哭泣寫血流無聲的情景，委實意象驚人。與洛夫詩句「血／從血中嘩然站起來」（《無岸之河》「手術臺上的男子」）可謂各擅勝場，異曲同工。至如「樹把棲著的鳥搖醒」（焚奇一九四九），將大自然「樹搖」「鳥醒」的並列事實，揉合爲樹「搖醒」鳥的藝術經驗，於是造語挺拔，醒人耳目。凡此均擬人化之善例。

在比喻上，陳義芝頗好往返於虛象與具體之間，或實物虛比，或虛象實喻，造成虛實相攝感官並呈的綜合效果。如「當苔溼而又迷茫的路如秋意長」（蒹葭），以虛象的「秋意長」來比喻「苔溼而又迷茫的路」，迢遙漫長，遂使句子靈動生色。李白詩云：「去國客行遠，還山秋夢長」（贈別舍弟臺卿之江南）正與此句構思相近。又如「忘我地吆喝、划拳／聲音如狼藉的杯盤」（夜市行走），以杯盤狼藉實景，明喻聲音之喧囂雜亂，使人印象深刻。至如「舉起手有葉萎落／併攏腿如枯殘的枝」（陰寒），以葉的枯萎凋落暗喻精神病患癱瘓的手掌，同樣地在「車禍印象」中，作者亦寫道：「那人攤開的掌繪了一片楓」，以血紅的楓葉暗比血濡殷紅的手掌，則同爲比喻貼切的佳句。

精約寫眞，是指詩人用字精確，一字多義。如「笑意廉價售給鐵欄外的陽光／眸光養在死水的金魚缸」（陰寒），「養」字一寫精神病患每天只是呆視金魚的無聊，並指出病患在精神病院療養如同金魚被養在魚缸，可說辭約旨豐。又如「陳酒何須勸飲？／一仰首就噴湧出哀愁」（暖玉），「哀愁」二字一指呑飲的酒，另指胸中的悲情，讀來簡潔有力。然其中不免有失諸考校的。如「一隻手從遠方伸過來擊著鐘聲」（懷司徒門），「擊」字雖云精簡，但不夠精確。

至於在推陳出新上，陳義芝每每以敏銳的感性，打破既定的思維習慣，改變觀察事物的角度，以展現新穎豐碩的體會。如「秋水潺溪地走進相望的瞳仁深處」（蒹葭），捨棄自「瞳仁」觀物的角度，而自「秋水」的觀點寫來，意象十分活潑。又如「有人恭敬地誦經，唸他的遺囑／把他的名字流進淚裏」（海上之傷），不從眼淚流出的角度，而從名字「流進淚裏」上設思運筆，寫來悽惻感人。另如「白髮入山比雲更深」（採藥人），字句平常無奇，但自髮白猶勝雲白上著眼，別具新意，尤其溶化「只在此山中，雲深不知處」（賈島「尋隱者不遇」）的詩趣，堪稱推陳出新之警句。

唯鍛字鍊句，貴於不即不離，鮮活靈動。若鍊之太過，則不免意深詞躓，流於沾滯。如「暖玉定須氤氳而後聚凝成淚」（暖玉），顯然典出李商隱「滄海月明珠有淚、藍田日暖玉生煙」（無題）。但化原詩繽紛的意象，成說理式的陳述，不免意深而詞躓。又如「最美的話是用眼看的／在彈道打滑的日光中／交擊出火花」（最美的話），首句和俗語「會說話的眼睛，最美！」可說意思相當。但讀起來總覺得有些沾滯。如果將最後一個「的」删去，是否「最美的話是用眼看」

會較原句好些？似此，當爲作者鍊字鍛句上失察處。

三

在音節設計上，作者或雙關以藏巧，或倒裝以取勁，或長短綜錯，企圖臻於聲義相合的效果。

就雙關語而言，陳義芝擷取六朝樂府的特性，以音義的雙關藏巧。如以「絲」諧「思」（見「蠶生」「思」）、以「蓮」諧「憐」（見「蓮」）、以「芙蓉」諧「夫容」（見「悲夫」）等。只是詩思雖巧，終屬步六朝樂府的後塵。其中能跳出樂府樊籬，自樹一幟的，當推「離」：

階前
落雁與棗桃競相叫責
朔風穿堂而過
愀然一夜
妻的髮已爆滿梨花

在聲音上「梨」花和「離」別相諧；在意象上，梨花之白寫出妻烏溜秀髮因離別而變白的愁苦。「爆滿」二字音節高亢，振起全詩。尤其第二小節暗用伍子胥過昭關因焦慮而一夜間鬚髮全白的典故，可說涵義豐贍。洵爲一首晶瑩飽滿的好詩。

在倒裝上，作者每顚倒字句，調整音節，更新構詞習慣，以求變化。如「君從此遠矣，飄然南北東西」（送繼文赴廣島進修），將「東西南北」倒爲「南北東西」，一洗流暢口吻成嶄新音調，句法亦見奇崛，和古典詩中爲求押韻而顚倒者不同❶。又如「像月歲竹一樣虛長嗎？／春光粧點的膚容／秋心暗藏」（竹節），第三句「秋心暗藏」是承第二句「春光粧點的膚容」倒裝而成，若還原爲「暗藏秋心」，則句法平常，音節軟弱。至於「秋心」二字暗指「愁」緒，誠如「念」詩中：「仍以珠圓凝住秋草的心／支頤，畫／一縷晨起的煙」，同爲析「愁」字入詩的巧例。因此「秋草的心」別見情味❷。

在音節長短的調配上，陳義芝多求錯落有致。如孤峰峭壁，忽見深谷淵流，使人悸動；或仰望雲天，連綿無盡，引人詠思。如「目微闔，頭微傾／想，千秋不過一瞬息」（醉翁操），由三字平行，轉爲一、七句型「想，千秋不過一瞬息」，音節頓生變化。又如「血是天亮前領頭出走

---

❶ 白居易「望月有懷」：「時難年荒世業空，弟兄羈旅各西東」將「東西」方位倒成「西東」，旨在配合押韻，似此例證極多，不再援引。

❷ 析字入詩，亦見南宋吳文英「唐多令」一詞。首云：「何處合成愁，離人心上秋。」唯陳義芝並不止於析字見巧。如「珠圓」照應第二行的「露」，「煙」指內心飄起的思念，並暗喻模糊的淚水，十分精煉。

的／夢／頃刻間就遁逸了」（車禍印象），從十字一句，縮成一字一句，再拉長爲七字一句，音節自然抑揚頓挫。另如「蓮霧」最後一節：

後來
她輕輕地合睫
走了
像花開又花謝
留未了的心事給我
一輩子也解不開的謎

作者將句法稍加剪裁，從一三、二四的各自平行，到五六句的逐漸延長，彷彿迷惑愈來愈長，音節也由簡短而逐次悠遠，可謂聲情俱合。若最末一句以頂眞的方式改爲「我一輩子也解不開的謎」，則破壞詩中呑吐掩抑的情思，音節將過於流滑。

四

在立意謀篇上，陳義芝每每取鎔傳統意象，重新經營，自立新意，以成佳構。今以「蝴蝶」

爲例，我們可以比較它在四首詩中運用的情形。

集中「蝴蝶」首見於六十五年的「戀」：

翩然
飛出一隻蝴蝶
草莢裏掙出一朶花

作者以蝴蝶的翩然倩影，花的絢麗綻放，捕捉心中乍湧的愛戀。將「蝶戀花」(亦詞牌)重新打散活用，十分精彩。及至六十七年「塵衣」，作者自道：

血從咬破的指尖墜落
心字顆顆含淚化作蝴蝶翩飛

蝴蝶是詩人嘔心瀝血的具象，蝴蝶的翩飛飄忽暗喻詩心靈光乍現時的難以捕捉，寫出了作者心中的詠嘆。逮及七十年「讀信」，詩人以蝴蝶作結。

淒涼的白霧常在燈下漫泛
一雙雙撲打著粉翅的蝴蝶
彷彿從前世飛來
又從老去的藍色書柬中飛出

詩中以蝴蝶無緣定三生天長地久的無盡之愛，並活用梁山伯與祝英臺生死以共化爲蝴蝶的愛情故事。可謂寓意深遠。至於七十二年「嗳玉」最末一節：

過去一年，以後三十年
依繫苦候的仍是
唯待血盡方纔翩翩起舞的
另一隻蝴蝶啊

血盡後翩翩起舞的蝴蝶自是作者對詩中「妳」的癡迷。其中融合李商隱「春蠶到死絲方盡」（錦瑟）、「莊生曉夢迷蝴蝶」（無題）的無盡情思，確實刻骨銘心。而傳統蝴蝶的意象，自「齊物論」中莊周夢蝶的冷澈哲思，經過李商隱的轉折，到了陳義芝，可以說作了淋漓盡致的發揮。另外，以「草」爲例。「讀信」中寫道：

不信春風真忘記
那塊犂鬆的耕地
我們曾辛勤埋種的
而今芽苗一一掙出，含恨生長
草青的芒尖入眼
仍有針刺的感覺

詩人自草的尖芒立意，千思百想，刻畫出情苗愁恨的尖銳札心。然而詩心千古，異代同唱，眞山民「草」詩云：

草枯恨不死，
春到又敷榮。
獨有愁根在，
非春亦自生。

細繹「春到又敷榮」「獨有愁根在」，自與陳義芝立意相近，唯表現手法古今別異。似此，當為古典與現代詩心暗合的實例。

至於在謀篇上，作者好以問句開端，製造波瀾；或以驚呼作結，噴薄而出；或以自問結尾，引出一段未答的空白，無非起承開闔，隨物變化。以「雪滿前川」而言，首節並寫「先生」「學生」。春蠶食桑喻學生作筆記、答試卷的聲響。二、三節分寫各自情境：學生畢業離去如蛾飛繭外，先生兀自留守，振衫太息。可說意思已盡。一般人謀篇，也大抵筆止於斯。唯陳義芝於此竟大力扭轉，「啊，雪滿前川」一句挺拔壁立，高響入雲，使人擊節。

蓋「雪滿前川」一句，意蘊豐碩。一則明比板槽中滿積的白粉筆屑，二來暗指搔首嘆息中早生的白髮，三則運用「程門立雪」的典故，以見先生傳道授業的寂寞及堅持。《朱子語錄》云：

> 游楊二子初見伊川。伊川瞑目而坐。二子侍。既覺曰：「尚在此乎？且休矣。」出門，門外雪深一尺。

是知「程門立雪」乃寫宋游酢，楊時尊師重道的精神，而「雪滿前川」則自述現代教師的踽涼深感。因是全篇以此句總綰，鏗鏘有力，堪稱點睛之筆也。

當然詩中謀篇也有不盡理想，如「荷箋」一首，第四節「池畔向晚／三分意遲／二枝細瘦的娉婷／一朵含恨飄零」無法振起全詩。且立意未見特出，句法亦嫌老化。實屬集中的下品。

五

綜上鍛字鍊句，音節設計，立意謀篇三端言之，我們看到詩人努力的成果。沈浸在詩人語近情遙託旨深遠的藝術世界，詠唱白蓮清芬的萬種風華，凝視詩人那雙挽住夕照霞光的明眸慧眼，我們不禁有更深的盼望。「為中國詩的抒情傳統，提出更有創發性的見證」（見《青衫》小記），是詩人自我的期許，也是我們殷切的期盼。披閱鑑賞之餘，我們更期待另一個十三年的青衫，盼望另一部辛勤寫成的詩集。■

青年日報七十五年五月三十一～六月一日

❸ 如「樹情」：「暝色隨青苔失足滑下」可和李白「菩薩蠻」：「暝色入高樓」、皇甫冉「歸渡洛水」：「暝色赴春愁」相比，同為擬人化的手法。又如「花季」：「入耳的水聲是滿耳的月光」自與趙嘏「江樓書懷」：「月光如水水如天」相當。另如「逝水」：「老來滿眼停雲的意象」「停雲」一詞語出陶潛「停雲」詩序：「停雲，思親友也。」以之入詩，頗為生色。

言近旨遠

——讀牧尹詩集《黑臉》

以古典詩而言，牧尹的《黑臉》集中諸詩作，大類傾向於絕句，而呈現溫婉平淡却又綿長雋永之意境。每每留下一大片虛白，讓讀者涵泳、追索。在表現手法上，顯然牧尹是棄華麗而求質樸，以平常口語，從中提煉珠璣字句，切入瞬間靈視之觀照，遂塑造出清香甘美的風格。似此，「言近旨遠」的藝術形象，當係牧尹企圖臻至的詩國殿堂。

就生命考察而論，人與世界間原有許多不和諧許多椎心滴淚的感動。縈懷之念、洶湧激情，每每呼之欲出。然牧尹大抵均內斂內省，作精約之設計經營，反歸於冷澈壓縮。以集中詠物詩觀之。如「示範公墓」：

萬萬沒想到
死后
還得在此

展覽睡姿
許多話
懶得說
讓野草去說

然而死後想說的話是什麼?墓畔的野草又默默道出什麼?結局時,詩人呑吐控勒,暗示了「欲說還休」的無盡慨嘆。於是這野草的無聲言語,讓我們想起李賀的「龐眉書客感秋蓬,誰知死草生華風」(高軒過)。風中的野草,或許是揭示生命的冷艷詭麗。或者,牧尹也有李賀「惜取兩少年,抽心似春草」(河陽歌)的反諷,意謂辛辛苦苦規矩過完今生,眞有無限心酸領略;領略到底此生是爲誰而活又緣何而生,心酸人間諸事由生至此都是如此身不由己;到頭來,仍然一片荒蕪,還諸「予欲無言」,還諸野草劍拔弩張般代爲發言。相當耐人深思。又如「天經」一首:

太陽把天窗打開
說亮話
請聆聽

凡潮溼過的你啊

全詩簡要精鍊，開門見山，直指宇宙眞諦，更明白道出每人內心深處或多或少都有些潮濕有些陰影的眞實。前二句「太陽把天窗打開／說亮話」係出自民間歇後語。然化俗爲雅，別立理趣。三四句「請聆聽／凡潮溼過的你啊」結響高亢，堅確有力。試想天地之道是如此明朗如此單純，作爲人子豈可埋首躲於自築之陰暗角隅而拒絕陽光？卽使曾經潮濕發霉的靈魂，何不攤開自己，接受陽光的洗禮，拋棄虛僞粉飾之言語，還一個健康活潑眞誠的自我？每個人該開誠布公，眞心相待才是。似此立意，非馬的「啞」❶可說異曲同工：

伶俐的嘴
有時候
比啞巴還
啞
連簡簡單單的
我我我我我

❶ 見七十三年一月十一日「自立副刊」，並四月《笠》詩刊第一二〇期。選入向陽編《七十三年詩選》（爾雅版）。

都不敢
說

牧尹「天經」係自正面直接揭示，至於非馬「啞」則自側面加以點明，均指出現代人掩藏自我自囚於陰溼的弊病。至於作爲詩集名的「黑臉」一詩，更是託旨深遠，別具隻眼：

白臉的我們
為了在名字底下
掛一只叮噹
為了站得更高
脚底，踏著許多別人的頭顱
為了口袋
更響
為了，有時不知道為什麼
我們把一張臉
熏黑

全詩結構極爲清晰，爲了名爲了利，甚至不知爲什麼，我們燃燒別人，熏黑自己，照亮自己心靈之齷齪黝黑。而這，正是現實社會功利主義者之「厚黑學」。全詩以最後致疑反詰最具沈重。所謂「爲了，有時不知道爲什麼／我們把一張臉／熏黑」刊道盡芸芸衆生之盲目迷惘，勾勒出與世沈浮隨波逐流，甚而終身不解的茫昧，不禁使人憮然致哀。然以「黑臉」爲題之詩作，除了牧尹外，李昌憲亦有「黑臉」一首❷：

不是國劇臉譜的關雲長
不是歌仔戲裏的包文拯
是鎮日風塵僕僕為生活奔波的
臉
黑色的，且有太陽煎熬
的光澤
下工歸家後

❷見《中國當代新詩大展》，蕭蕭、陳寧貴、向陽編選，德華出版社。

對著鏡子要它還我
清白
三分之二天的光陰和
塵銹為伴
留下三分之一與
妻兒共眠
那張經塵銹侵蝕的
臉
任明鏡如何高懸
也無能還我清白

唯李昌憲「黑臉」係純粹自爲生活奔波，遂臉由白而變黑，和牧尹之剖析詮釋不同。就詩的深度而言，當以牧尹「黑臉」爲勝。另如牧尹「蝴蝶」，比喻翻新：

教授先生從一首古典詩中

帶引一隻蝴蝶曼妙地
飛舞於課堂的花叢中
並努力為伊解析每一個
飛旋的動作

一群用功的蝴蝶
小心翼翼
跟隨著飛旋
却迷失在森林中
眼見教授先生帶引那隻蝴蝶
愈
飛
愈
遠

詩中以「蝴蝶」爲主要意象，貫穿前後。自然，「蝴蝶」係古典詩人心靈的轉化，長著翅膀的詩思仍鮮活地曼妙飛舞。然而「詩有別材，非關學也」（嚴羽《滄浪詩話》詩辨）。後代學子模倣詩人技巧，未能有眞實感動；則翩翩舞姿，徒令學子困惑，終與詩人精妙切情之心靈愈離愈遠。此篇，牧尹討論學詩的過程，首先要能熟悉各種表現手法，最後當由「有法」而「無法」，發諸內心體會，掌握活潑之體悟，學詩並不止於「用功」而已。凡此，均「黑臉」詩集中之佳構。至於其他如「樹的哲學」「精神分裂症」「水土不服」「入睡前翻閱」「初次走在情人道上」等，均爲可愛精巧之作。在在表現作者之機智理趣，平淡中有深沈感慨，很接近宋詩偏於主智立意的詩風。

相對的，集中亦有鬆散諸詩。就結構而論，「是非問題」「黑色外衣」均鬆垮疲乏，未能乾淨俐落。就音節而言，如「驚之二」第二小節：「我不經意／把碗裏的湯圓／掉落地上／才驚覺失落的湯圓如此／粉紅色」音節過於軟弱無力。又「你是一隻什麼飛翔」第一小節，作者寫道「四壁硬硬／冷然壓迫／思想的呼吸」，造語及音節均嫌呆板礙滯，未能靈動生色。

《黑臉》係詩人牧尹五年來詩作愼重挑選的結集。大抵偏於精約凝鍊，不盡之意往往見於言外。只是，短篇爲詩，展現傳統絕句詩的特色，畢竟詩境嫌窄。縱能抉幽發微，曲隱立意，但終壯麗雄濶不足，未能大力跌宕變化。而這，正是詩人成長蛻變的瓶頸。基於求備的心理，筆者期待牧尹能展開更廣富精微之觀照，展現更恣縱頓挫之藝境，走向更寬更遠的天空。■

《詩人季刊》十二期

後記

民國六二年，考上師大國文系，心中一片空白；徘徊於紅樓椰影間，莫知所從。及新生訓練時，佇足於南廬吟社的攤位前，怯怯地加入，從此便踏上古典詩的抒情天地；流連於詩學圖輿間柳暗花明的風景，吟詠於平平仄仄抑揚頓挫的音韻裡；而整個貧瘠乾枯的心靈，也因兹溫潤新綠起來。當時，唐詩三百首是我最喜愛的精神食糧。課餘閒暇時，面對晨曦落日，面對凄風冷雨，我便以讀詩來寄託悸動的心緒，排遣青澀寂寥的時光。

大二下學期，參加乙卯春季聯吟，恭悼先總統 蔣公，賦七絕一首：「一生萬古肅風塵，戎馬天涯鼓角頻。終古丹心五更盡，斷雲黯黯雨中春。」得獲名次，遂盡心於古典詩習作，樂此不疲；然自觀所作，總覺皆歷來詩人餘影，心有未安。逮新文藝習作，見現代詩設思奇特，意象尖新，轉而寫起新詩。如「夜行」第一小節云：「黑夜，一罎濃墨／在瞳孔里膨脹、膨脹／膨脹成鼓圓的氣球／罩住大地」，自以為頗具想像。唯浸淫日久，終覺自己語法仍近散文，心思不夠敏銳，詩境過於狹隘；於是退而求其次，整個轉向對古典詩與現代詩間的賞析、比較。

大三開始，我專注於一首詩的分析闡釋，以及同樣主題在古典詩及現代詩中表現的差異。我以為，這裡面的天空極為遼濶，尤其古典與現代間的通變，更值得探索。可惜，個人學養有限，無法做周延的討論，畢竟「操千曲而後曉聲，觀千劍而後識器」（《文心雕龍・知音》），未能博觀深知，自不免有見樹不見林之憾。

大四畢業，至南縣新豐高中教書，進而涉及如何教學生欣賞詩的問題。每每發覺自己講得興高采烈，學生眼神仍一片迷惘。最後，改用替字的方式，讓學生自行比較體會。如杜甫：「落日照大旗，馬鳴風蕭蕭」（後出塞），換成「落日照光頭，鳥鳴風呼呼」，則氣氛完全改變；又柳宗元：「孤舟蓑笠翁，獨釣寒江雪」（江雪），若將末字「雪」改成「鼈」，則落於寫實，破壞全詩所描繪的畫境。又現代詩的講授亦然。如鄭愁予「錯誤」：「我達達的馬蹄是美麗的錯誤／我不是歸人，是個過客……」「過客」音節響亮，若換成「旅者」，則音節啞滯，無法總綰全篇。而施行以來，發覺效果相當不錯。事後追想，這也是我們研究、解析詩的方法之一。

自大一迄今，匆匆已十四載。其中有關詩的論述，計十九篇。十九篇中，泰半為大學及新豐高中執教的作品，於今觀之，不免多失之平淺。然敝帚自珍，用以紀錄個人詩路歷程者也。今文章得以結集，首當感謝求學過程中所有指導我的師長，及所有直諒多聞諸友的指正，希望今後，自己能重新出發，有計劃的研究討論，寫出較嚴謹的論述。最後，感謝吾妻藹珠幫忙校對，又三民書局，肯出如此冷僻的書，對一個年輕人而言，這是最大的鼓勵。

張春榮寫作年表

民國四三年　十月生於台南縣新化鎮。

民國五十年　讀新化國民小學。

民國五六年　小學畢業。考入台南市立初中。開始通學。

民國五九年　初中畢業。考進台南一中。高一、高二，受國文老師謝青雯先生影響，對文學產生興趣。

民國六二年　考上師大國文系。加入南廬吟社。時多聞指導老師張夢機教授指點，略窺古典詩殿堂之美，並醉心於古典詩習作。

民國六三年　大二從邱燮友教授習作新詩，從此對詩學之源遠流長、新變代雄，極有興趣。又屢參加學長李正治所辦系內學術講座，始知文學天地之寬濶。

民國六四年　系刊《文風》主編蔡英俊學長交予接編第二十七期。散文「阿貞」獲中國語文學會主辦的散文創作獎。又參加全國大專青年乙卯春季聯吟，得名第四。緣此認識諸多文友。

民國六五年　主編文風二八、二九期。

民國六五年　選修楊昌年教授所開之「小說習作」，獲益甚鉅。楊老師對我日後小說創作影響最鉅。又旁聽戴璉璋教授主持之「文學分類專題研究」，得知文學研究應有之認識及方法。七絕「寒花」一首獲南廬聯吟大賽首獎。並開始發表論述「談王維的『辛夷塢』」。

民國六六年　論述「從杜甫的『孤雁』看白萩的『雁』」「洛夫詩中的色調：黑與白」刊於《中華文藝》。論文「誠何以爲道德之原動力」獲孔孟學會主辦大專組論文競賽特等獎。散文「節奏」獲中外文學散文徵文佳作。

八月，至台南縣新豐高中任教。

民國六七年　發表論述「紅樓夢兩段鏡子情節的象徵」「姜夔『念奴嬌』和洛夫『衆荷喧嘩』的比較」等。小說「張巡屠虎」，散文「車子，繼續前進」「看祖父去」均刊於《中外文學》。

民國六八年　任新化鎭救國團團委會義工，及新豐高中童子軍副團長，帶團康活動。發表小說「生了兩個洋娃娃」「踏上那條路」。

民國六九年　二月，小說「大鵬金翅鳥與蝙蝠」刊於《中外文學》。

四月，母親因子宮頸癌於中興醫院開刀，一切順利。

五月，考上師大國研所碩士班。

民國七十年　參加第二屆實驗劇展「嫁妝一牛車」，扮演「萬發」。導演爲張素玲。

民國七一年　一月，完成「公無渡河」（《樂府詩賞析》）一書。聯亞出版社出版。論述有「樂府詩試論」「試論修辭中的鍊字」等。小說有「含羞草的歲月」「釣魚記」。散文有

「洗耳記」「血浴」等。

民國七二年　四月，完成碩士論文「楚辭二招析論」，由王更生教授指導，寫作期間，嚴加督促。其中諸章，蒙陳清俊、吳順令、黃立玉、劉錦賢、王基倫、顏藹珠等先生大力幫忙謄寫，中心懷之。

七月，考上師大國研所博士班。

民國七三年　發表小說「尾生」「瘤」，散文「雨想」等。

於崇右企專兼課。九月，擔任商文科二〇九班導師。並至中正理工學院兼課。

小說「白蟻」獲第二屆師大文學獎佳作，十一月刊登《中外文學》，後收入馬森主編《七十三年短篇小說選》（爾雅出版社）。散文有「焚蟻記」「雲想」等。

十二月，與顏藹珠小姐訂婚。

民國七四年　三月，母親因子宮頸癌再度復發，卒於中興醫院。葬禮期間，幸蒙新化國小老師鼎力幫忙。

論述有「莊子『逍遙遊』與唐詩關係之試探」登《中華文化復興月刊》。

十月，至實踐家專夜間部兼課。

民國七五年　三月二十二日，與顏藹珠小姐參加臺北市集團結婚，並於空軍官兵活動中心宴客。

五月，於第七屆古典文學會議發表論文「古典詩中的『草』試論」。又散文「畫樹」，爲紀念母親之作，獲第六屆全國學生文學獎大專組散文首獎。後收入《冠軍散文》（希代出版社）。

六月，散文「鴿子飛來」，極短篇「禮物」，分別獲第四屆師大文學獎散文組及極短篇之首獎。新詩「結婚進行曲」爲佳作。

九月，散文「陪你一段」，獲第一屆中華日報文學獎大專散文第三。
發表論述有「詩中否定詞之用法試論」「那雙挽住夕照霞光的眼——評陳義芝詩集《青衫》」等。
小說，計極短篇有「白鴿」「解夢」「光頭」「盼」「期盼」等。短篇小說則有「鴿子嫂」「狗涎」。
散文有「歸」「傘情」「水紋」「震撼教育」「煙論」等。
九月，爲清大中語系兼任講師。
十二月，將以往有關討論古典、現代詩之文章十九篇結集成書，定名爲《詩學析論》。

民國七六年　三月，小說結集，定名爲《含羞草的歲月》。由師大書苑出版。
五月，散文「草情」，獲第七屆全國學生文學獎大專組散文第二。

滄海叢刊已刊行書目(八)

書名	作者	類別
文學欣賞的靈魂	劉述先	西洋文學
西洋兒童文學史	葉詠琍	西洋文學
現代藝術哲學	孫旗譯	藝術
音樂人生	黃友棣	音樂
音樂與我	趙琴	音樂
音樂伴我遊	趙琴	音樂
爐邊閒話	李抱忱	音樂
琴臺碎語	黃友棣	音樂
音樂隨筆	趙琴	音樂
樂林蓽露	黃友棣	音樂
樂谷鳴泉	黃友棣	音樂
樂韻飄香	黃友棣	音樂
樂圃長春	黃友棣	音樂
色彩基礎	何耀宗	美術
水彩技巧與創作	劉其偉	美術
繪畫隨筆	陳景容	美術
素描的技法	陳景容	美術
人體工學與安全	劉其偉	美術
立體造形基本設計	張長傑	美術
工藝材料	李鈞棫	美術
石膏工藝	李鈞棫	美術
裝飾工藝	張長傑	美術
都市計劃概論	王紀鯤	建築
建築設計方法	陳政雄	建築
建築基本畫	陳榮美 楊麗黛	建築
建築鋼屋架結構設計	王萬雄	建築
中國的建築藝術	張紹載	建築
室內環境設計	李琬琬	建築
現代工藝概論	張長傑	雕刻
藤竹工	張長傑	雕刻
戲劇藝術之發展及其原理	趙如琳譯	戲劇
戲劇編寫法	方寸	戲劇
時代的經驗	汪琪 彭家發	新聞
大衆傳播的挑戰	石永貴	新聞
書法與心理	高尚仁	心理

滄海叢刊已刊行書目(七)

書名	作者	類別
印度文學歷代名著選(上)(下)	糜文開編譯	文學
寒山子研究	陳慧劍	文學
魯迅這個人	劉心皇	文學
孟學的現代意義	王支洪	文學
比較詩學	葉維廉	比較文學
結構主義與中國文學	周英雄	比較文學
主題學研究論文集	陳鵬翔主編	比較文學
中國小説比較研究	侯健	比較文學
現象學與文學批評	鄭樹森編	比較文學
記號詩學	古添洪	比較文學
中美文學因緣	鄭樹森編	比較文學
文學因緣	鄭樹森	比較文學
比較文學理論與實踐	張漢良	比較文學
韓非子析論	謝雲飛	中國文學
陶淵明評論	李辰冬	中國文學
中國文學論叢	錢穆	中國文學
文學新論	李辰冬	中國文學
離騷九歌九章淺釋	繆天華	中國文學
苕華詞與人間詞話述評	王宗樂	中國文學
杜甫作品繫年	李辰冬	中國文學
元曲六大家	應裕康 王忠林	中國文學
詩經研讀指導	裴普賢	中國文學
迦陵談詩二集	葉嘉瑩	中國文學
莊子及其文學	黃錦鋐	中國文學
歐陽修詩本義研究	裴普賢	中國文學
清真詞研究	王支洪	中國文學
宋儒風範	董金裕	中國文學
紅樓夢的文學價值	羅盤	中國文學
四説論叢	羅盤	中國文學
中國文學鑑賞舉隅	黃慶萱 許家鶯	中國文學
牛李黨爭與唐代文學	傅錫壬	中國文學
增訂江皋集	吳俊升	中國文學
浮士德研究	李辰冬譯	西洋文學
蘇忍尼辛選集	劉安雲譯	西洋文學

滄海叢刊已刊行書目(六)

書名	作者	類別
卡薩爾斯之琴	葉石濤	文學
青囊夜燈	許振江	文學
我永遠年輕	唐文標	文學
分析文學	陳啓佑	文學
思想起	陌上塵	文學
心酸記	李喬	文學
離訣	林蒼鬱	文學
孤獨園	林蒼鬱	文學
托塔少年	林文欽編	文學
北美情逅	卜貴美	文學
女兵自傳	謝冰瑩	文學
抗戰日記	謝冰瑩	文學
我在日本	謝冰瑩	文學
給青年朋友的信(上)(下)	謝冰瑩	文學
冰瑩書柬	謝冰瑩	文學
孤寂中的廻響	洛夫	文學
火天使	趙衛民	文學
無塵的鏡子	張默	文學
大漢心聲	張起鈞	文學
回首叫雲飛起	羊令野	文學
康莊有待	向陽	文學
情愛與文學	周伯乃	文學
湍流偶拾	繆天華	文學
文學之旅	蕭傳文	文學
鼓瑟集	幼柏	文學
種子落地	葉海煙	文學
文學邊緣	周玉山	文學
大陸文藝新探	周玉山	文學
累廬聲氣集	姜超嶽	文學
實用文纂	姜超嶽	文學
林下生涯	姜超嶽	文學
材與不材之間	王邦雄	文學
人生小語(一)(二)	何秀煌	文學
兒童文學	葉詠琍	文學

滄海叢刊已刊行書目㈤

書名	作者	類別
中西文學關係研究	王潤華	文學
文開隨筆	糜文開	文學
知識之劍	陳鼎環	文學
野草詞	韋瀚章	文學
李韶歌詞集	李韶	文學
石頭的研究	戴天	文學
留不住的航渡	葉維廉	文學
三十年詩	葉維廉	文學
現代散文欣賞	鄭明娳	文學
現代文學評論	亞菁	文學
三十年代作家論	姜穆	文學
當代臺灣作家論	何欣	文學
藍天白雲集	梁容若	文學
見賢集	鄭彥棻	文學
思齊集	鄭彥棻	文學
寫作是藝術	張秀亞	文學
孟武自選文集	薩孟武	文學
小說創作論	羅盤	文學
細讀現代小說	張素貞	文學
往日旋律	幼柏	文學
城市筆記	巴斯	文學
歐羅巴的蘆笛	葉維廉	文學
一個中國的海	葉維廉	文學
山外有山	李英豪	文學
現實的探索	陳銘磻編	文學
金排附	鍾延豪	文學
放鷹	吳錦發	文學
黃巢殺人八百萬	宋澤萊	文學
燈下燈	蕭蕭	文學
陽關千唱	陳煌	文學
種籽	向陽	文學
泥土的香味	彭瑞金	文學
無緣廟	陳艷秋	文學
鄉事	林清玄	文學
余忠雄的春天	鍾鐵民	文學
吳煦斌小說集	吳煦斌	文學

滄海叢刊已刊行書目(四)

書名	作者	類別
歷史圈外	朱桂	歷史
中國人的故事	夏雨人	歷史
老臺灣	陳冠學	歷史
古史地理論叢	錢穆	歷史
秦漢史	錢穆	歷史
秦漢史論稿	刑義田	歷史
我這半生	毛振翔	歷史
三生有幸	吳相湘	傳記
弘一大師傳	陳慧劍	傳記
蘇曼殊大師新傳	劉心皇	傳記
當代佛門人物	陳慧劍	傳記
孤兒心影錄	張國柱	傳記
精忠岳飛傳	李安	傳記
八十憶雙親 師友雜憶 合刊	錢穆	傳記
困勉強狷八十年	陶百川	傳記
中國歷史精神	錢穆	史學
國史新論	錢穆	史學
與西方史家論中國史學	杜維運	史學
清代史學與史家	杜維運	史學
中國文字學	潘重規	語言
中國聲韻學	潘重規 陳紹棠	語言
文學與音律	謝雲飛	語言
還鄉夢的幻滅	賴景瑚	文學
葫蘆・再見	鄭明娳	文學
大地之歌	大地詩社	文學
青春	葉蟬貞	文學
比較文學的墾拓在臺灣	古添洪 陳慧樺 主編	文學
從比較神話到文學	古添洪 陳慧樺	文學
解構批評論集	廖炳惠	文學
牧場的情思	張媛媛	文學
萍踪憶語	賴景瑚	文學
讀書與生活	琦君	文學

滄海叢刊已刊行書目(三)

書名	作者	類別
不疑不懼	王洪鈞	教育
文化與教育	錢穆	教育
教育叢談	上官業佑	教育
印度文化十八篇	糜文開	社會
中華文化十二講	錢穆	社會
清代科舉	劉兆璸	社會
世界局勢與中國文化	錢穆	社會
國家論	薩孟武譯	社會
紅樓夢與中國舊家庭	薩孟武	社會
社會學與中國研究	蔡文輝	社會
我國社會的變遷與發展	朱岑樓主編	社會
開放的多元社會	楊國樞	社會
社會、文化和知識份子	葉啓政	社會
臺灣與美國社會問題	蔡文輝 蕭新煌 主編	社會
日本社會的結構	福武直 著 王世雄 譯	社會
三十年來我國人文及社會科學之回顧與展望		社會
財經文存	王作榮	經濟
財經時論	楊道淮	經濟
中國歷代政治得失	錢穆	政治
周禮的政治思想	周世輔 周文湘	政治
儒家政論衍義	薩孟武	政治
先秦政治思想史	梁啓超原著 賈馥茗標點	政治
當代中國與民主	周陽山	政治
中國現代軍事史	劉馥 著 梅寅生 譯	軍事
憲法論集	林紀東	法律
憲法論叢	鄭彥棻	法律
師友風義	鄭彥棻	歷史
黃帝	錢穆	歷史
歷史與人物	吳相湘	歷史
歷史與文化論叢	錢穆	歷史

滄海叢刊已刊行書目㈡

書名	作者	類別
語言哲學	劉福增	哲學
邏輯與設基法	劉福增	哲學
知識·邏輯·科學哲學	林正弘	哲學
中國管理哲學	曾仕强	哲學
老子的哲學	王邦雄	中國哲學
孔學漫談	余家菊	中國哲學
中庸誠的哲學	吳怡	中國哲學
哲學演講錄	吳怡	中國哲學
墨家的哲學方法	鐘友聯	中國哲學
韓非子的哲學	王邦雄	中國哲學
墨家哲學	蔡仁厚	中國哲學
知識、理性與生命	孫寶琛	中國哲學
逍遙的莊子	吳怡	中國哲學
中國哲學的生命和方法	吳怡	中國哲學
儒家與現代中國	韋政通	中國哲學
希臘哲學趣談	鄔昆如	西洋哲學
中世哲學趣談	鄔昆如	西洋哲學
近代哲學趣談	鄔昆如	西洋哲學
現代哲學趣談	鄔昆如	西洋哲學
現代哲學述評㈠	傅佩榮譯	西洋哲學
懷海德哲學	楊士毅	西洋哲學
思想的貧困	韋政通	思想
不以規矩不能成方圓	劉君燦	思想
佛學研究	周中一	佛學
佛學論著	周中一	佛學
現代佛學原理	鄭金德	佛學
禪話	周中一	佛學
天人之際	李杏邨	佛學
公案禪語	吳怡	佛學
佛教思想新論	楊惠南	佛學
禪學講話	芝峯法師譯	佛學
圓滿生命的實現（布施波羅蜜）	陳柏達	佛學
絕對與圓融	霍韜晦	佛學
佛學研究指南	關世謙譯	佛學
當代學人談佛教	楊惠南編	佛學

滄海叢刊已刊行書目(一)

書名	作者	類別
國父道德言論類輯	陳立夫	國父遺教
中國學術思想史論叢(一)(二)(三)(四)(五)(六)(七)(八)	錢穆	國學
現代中國學術論衡	錢穆	國學
兩漢經學今古文平議	錢穆	國學
朱子學提綱	錢穆	國學
先秦諸子繫年	錢穆	國學
先秦諸子論叢	唐端正	國學
先秦諸子論叢（續篇）	唐端正	國學
儒學傳統與文化創新	黃俊傑	國學
宋代理學三書隨劄	錢穆	國學
莊子纂箋	錢穆	國學
湖上閒思錄	錢穆	哲學
人生十論	錢穆	哲學
晚學盲言	錢穆	哲學
中國百位哲學家	黎建球	哲學
西洋百位哲學家	鄔昆如	哲學
現代存在思想家	項退結	哲學
比較哲學與文化(一)(二)	吳森	哲學
文化哲學講錄(一)(二)(三)(四)	鄔昆如	哲學
哲學淺論	張康譯	哲學
哲學十大問題	鄔昆如	哲學
哲學智慧的尋求	何秀煌	哲學
哲學的智慧與歷史的聰明	何秀煌	哲學
內心悅樂之源泉	吳經熊	哲學
從西方哲學到禪佛教—「哲學與宗教」一集—	傅偉勳	哲學
批判的繼承與創造的發展—「哲學與宗教」二集—	傅偉勳	哲學
愛的哲學	蘇昌美	哲學
是與非	張身華譯	哲學